LA ESCAPADA DE RALPH

Beverly Cleary

LA ESCAPADA DE RALPH

Ilustraciones de Louis Darling

EDITORIAL NOGUER S.A.
Barcelona - Madrid

Título original
Runaway Ralph

ISBN: 84-279-3424-8

Ilustraciones: Louis Darling
Traducción: Ester Donato

Cuarta edición: mayo 2006

Impreso en España - Printed in Spain
Domingraf S.L., Barcelona
Depósito legal: B-17302-2006

A Louis Darling
1916-1970

1

RALPH OYE UNA CORNETA

EL ratoncito llamado Ralph, que estaba escondido bajo el reloj de péndulo, no tenía que esperar mucho más para poder montar en su moto. El reloj había dado ya las ocho, y después las ocho y media.

En el Hostal de la Montaña, un hotel destartalado situado en las estribaciones de Sierra Nevada, Ralph era el único ratón que tenía una moto. Era una moto roja adecuada a su tamaño, regalo de un chico llamado Keith, que se había hospedado en la habitación 215 durante el fin de semana del 4 de julio. Ralph estaba orgulloso de su moto, pero sus hermanos y hermanas le decían que era un egoísta.

—No soy egoísta —contestaba Ralph—. Keith me regaló la moto a mí.

Aquella tarde, mientras Ralph esperaba debajo del reloj y miraba la televisión, que estaba al otro lado del vestíbulo, entraron en el hotel un señor y una señora, acompañados por un chico de unos diez u once años. Tenían el aspecto fatigado de las personas que acaban de hacer muchos kilómetros en automóvil. El chico llevaba tejanos, botas camperas y una camiseta blanca con las palabras *Colonia Vista Alegre* esparcidas en el pecho.

Ralph observó al muchacho con atención. Era el tipo de muchacho que le interesaba, un muchacho al que sin duda le gustaban los bocadillos de jalea y mantequilla de cacahuete. Desde el día que Keith se había ido del hotel, Ralph suspiraba por las migas de un bocadillo de aquéllos.

La maquinaria del reloj emitió unos ásperos chirridos. Ralph se tapó las orejas con las patas delanteras. El reloj gruñó y gimió un poco más, y después consiguió dar la hora. ¡Las nueve! Casi había llegado la hora esperada. Al toque de las nueve en el reloj le siguieron las lentas y tristes notas de una melodía, una melodía que sonaba y moría misteriosamente en la distancia, cada noche a la misma hora.

—¿Has oído? —le preguntó el señor a su hijo—. Era la corneta de la colonia tocando a silencio.

«Así que era eso», pensó Ralph, que se había interrogado acerca de aquella música durante todo el verano.

Como el niño no decía nada, su madre le dijo:

—Vamos, Garf, anímate. Te lo pasarás muy bien en la colonia.

—Puede ser —replicó Garf—. Pero lo dudo.

—No lo pasarás bien si adoptas esa actitud —dijo el padre, molesto.

Y se dirigió al mostrador para pedir una habitación con una cama suplementaria, para aquella noche.

Ralph no entendía la conducta del muchacho. Había oído a otros jóvenes huéspedes del hotel, que llevaban la misma camiseta blanca, hablar de un lugar llamado colonia, pero, a diferencia de Garf, siempre parecían contentos e impacientes por ir allí. Ralph no sabía con exactitud lo que era una colonia, pero, como iban allí niños y niñas alrededor de los diez años, pensaba que debía de ser un lugar donde se comían bocadillos de jalea y mantequilla de cacahuete.

El recepcionista llamó al viejo Matt, el botones y mozo del hotel, para que acompañase a la familia a la habitación. Mientras cogía las maletas y echaba a andar hacia el ascensor, Matt le preguntó a Garf:

—Bueno, joven ¿qué querrás para desayunar? ¿Tarta de manzana o pastel de chocolate?

Matt, que no siempre les caía bien a los padres, les resultaba siempre simpático a los niños.

El chico respondió con una leve sonrisa a la broma de Matt, mientras le seguía hacia el ascensor. «Lo que necesita este chico es un bocadillo de jalea y cacahuete», pensó Ralph.

Cuando Matt volvió al vestíbulo, Ralph le vio salir al porche, donde permaneció unos momentos de pie, entre las mecedoras vacías, mirando las estrellas, como hacía cada noche antes de retirarse a descansar. El portero de noche, un estudiante contratado para el verano, llegó, se instaló en un sofá, y se puso a leer un grueso libro. Casi había llegado la hora de Ralph. Como era de esperar, el joven leyó unas páginas y después se echó en el sofá, con el libro boca abajo sobre el pecho, y cerró los ojos.

¡Ralph tenía ante sí toda una noche de libertad! Corrió hasta el televisor, debajo del cual tenía escondida la moto y el casco protector que le había hecho Keith, con la mitad de una pelota de ping-pong forrada con pelusa de cardo. Ya había abrillantado antes los cromados de la moto, lamiéndose las patas delanteras y frotando con ellas. Se puso el casco, se pasó la gomita por debajo del mentón para sujetarlo bien, y, cuidando de mantener la cola fuera de los radios, subió al vehículo. Después hizo una inspiración profunda, y, expirando con el sonido *¡Pb-pb-b-b-b!*, el único sonido capaz de hacer funcionar una moto de juguete, salió a toda velocidad de debajo del televisor y corrió por la alfombra.

¡Pb-pb-b-b-b! Ralph corrió por el vestíbulo y entró en el pasillo; lo recorrió a toda velocidad, arriba y abajo, y la alegría de la velocidad le compensó de las largas horas que había debido pasar escondido en polvorientos rincones, esperando la llegada de la noche.

Corrió arriba y abajo del pasillo hasta que estuvo demasiado cansado para volver a inspirar profundamente. Después aparcó la moto en un rincón oscuro, colgó el casco del manillar, y, aplastando el cuerpo, pasó por debajo de una puerta y entró en la que era su estancia favorita en el hostal. Era una sala mal ventilada, mal iluminada incluso de día, que se cerraba con llave cuando la última persona salía de ella por la noche. Estaba amueblada con mesitas y con una hilera de taburetes altos. Era el lugar preferido de Ralph, porque siempre encontraba en el suelo cacahuetes, a veces palomitas de maíz, y, muy de tarde en tarde, una aceituna rellena. Esa noche se dio un hartón de cacahuetes, lamentando no tener un poco de jalea de uva para acompañarlos, y logró salir otra vez de la estancia a pesar de estar un poco más gordo que antes.

¡Pb-pb-b-b-b! Cada vez que pasaba por el vestíbulo, el temerario Ralph se acercaba peligrosamente a la mano del portero de noche, que el joven dormido dejaba colgar. Y después recorría el pasillo a toda velocidad. A Ralph le encantaba aquella velocidad, el peligro, su propia audacia. *¡Pb-pb-b-b-b!* ¡Otra vez al vestíbulo!

Cuando se detuvo para inspirar otra vez profundamente, sus agudos oídos captaron los chillidos de sus hermanos, hermanas y primos, que se acercaban. Estos familiares casi nunca se aventuraban hasta el vestíbulo, porque les daban miedo las cabezas de ciervo disecadas que había en las paredes, y la lechuza disecada de la repisa de la chimenea.

—¡Mecachis! —exclamó Ralph en voz baja.

Estaba haciendo una inspiración profunda, para poder hacer una salida rápida, cuando su madre y el tío Lester salieron corriendo de debajo de un sillón y se plantaron delante de él. El aire de los pulmones de Ralph salió convertido en un *puf*..., y se le paró la moto.

—Ralph, tenemos que hablar —le dijo el tío Lester.

Ralph no contestó. Él no quería hablar. Tampoco quería escuchar, pero sabía que no podría librarse del sermón de su tío. Sólo esperaba que el sermón acabase antes de que los ratoncillos llegasen al pie de la escalera.

—No puedes seguir con esta vida —le dijo el tío Lester—, corriendo por el vestíbulo, mirando la televisión todo el día, y corriendo en esa moto toda la noche.

—Es verdad —convino la madre de Ralph.

Era una ratona muy asustadiza, cuyos bigotes temblaban constantemente por el miedo. Tenía miedo de las personas, los aspiradores, las lechuzas, los gatos, las ratoneras y el grano envenenado. El menor ruido la hacía estremecerse.

Ralph miraba fijamente la alfombra.

—Y mira cómo vas —prosiguió el tío Lester—. Llevas los bigotes llenos de pelusa.

Ralph se limpió los bigotes con una pata.

—Y estás engordando a fuerza de comer cacahuetes en ese... en ese *sitio*. Un bar no es un lugar adecuado para un ratón joven.

—Acabarás andando con malas compañías —dijo la madre—. Te meterán en líos.

—Nadie me meterá en nada —replicó Ralph—, porque yo voy más de prisa que cualquiera en mi máquina.

Para entonces, sus hermanitos y hermanitas estaban ya allí, y escuchaban la conversación con los ojos dilatados por la curiosidad y el placer.

Uno de los primos, más valiente que los demás, dijo:

—Se cree que es mayor porque le llama máquina a una moto...

—Ralph, si sigues montando en ese trasto, te romperás la cabeza —dijo la madre.

—Tú misma me *dijiste* que podía montarla —dijo Ralph, malhumorado—. Dijiste que podía montarla si me colocaba el casco y me agarraba bien al manillar.

—Es verdad —reconoció la madre con un suspiro—. No sé cómo se me ocurrió decírtelo.

El reloj empezó a crujir y rechinar. Toda la familia de Ralph se puso en guardia, y, cuando el reloj empezó a dar la hora, desaparecieron debajo de sillones y detrás de cortinajes. Huyeron todos excepto el tío Lester, e incluso él parecía inquieto.

—Ésta no es vida para un ratón mayorcito —dijo el tío—. Ya es hora de que vuelvas a instalarte arriba, en el nido, y nos ayudes a recoger provisiones para los meses de escasez, entre el verano y la temporada de esquí. Ya sabes que nadie viene a echar migas a este viejo hotel mientras haya una sola habitación libre en alguno de los moteles nuevos.

El reloj acabó de dar las doce, y los parientes de Ralph salieron de sus escondites.

—No querrá —dijo uno de los primos mayores—. No querrá, porque es un egoísta.

—Tú no te metas en esto —dijo Ralph.

—¡Sí! ¡Sí! ¡Es un egoísta! —chillaron los hermanos, hermanas y primos.

El portero de noche se movió un poco, y todos los ratones se quedaron inmóviles y silenciosos hasta que les llegó del sofá el ruido de sus ronquidos. Todos los ratones de hotel saben que nada tienen que temer de las personas que roncan.

La discusión continuó.

—Se lo guarda todo para él —se quejó uno de los hermanos.

—Es verdad —dijo otro—. Nunca nos deja subir a su moto.

—No te morirías si dejases subir a los pequeños alguna vez, Ralph —dijo la madre.

—¿No decías que era peligroso ir en moto? —le recordó Ralph.

—Ésta no es manera de hablarle a tu madre —dijo el tío Lester—. No hay necesidad de correr. Podrías pasear a los pequeños arriba y abajo del pasillo.

—¡¿Pasearles?! —chilló Ralph, horrorizado.

¡*Pasear* a unos ratones pequeños por el pasillo en su hermosa moto, con su asiento de plástico y sus dos relucientes silenciadores cromados! ¡Qué idea tan absurda! La moto no era un cochecillo de juguete.

—Vamos, Ralph, no perderás nada por compartir un poco tu moto —dijo la madre—. No pongas esa cara.

—¡Yo primero! ¡Yo primero! —gritaron los ratoncitos, apelotonándose y empujándose.

—¡Ralph, no quiero verte más con esa cara! —exclamó el tío Lester, en un tono tan severo que Ralph se dio cuenta de que no había escapatoria.

—¿Las niñas también? —preguntó.

—Claro —respondió su madre—. Niños, callaos, o despertaréis al portero.

Ralph habría deseado que los pequeños despertasen al portero de noche, lo cual le daría una excusa para esconder la moto. Pero sus jóvenes parientes, que eran, en opinión de Ralph, una pandilla de miedicas, se callaron, y no tuvo otro remedio que levantar al pequeño que tenía más cerca y sentarlo en la moto.

—Dame el casco —exigió el pasajero.

—¿A qué esperas? —preguntó el tío—. Déjale llevar el casco.

Ralph se quitó su precioso casco, se lo colocó en la cabeza al pequeño pasajero, y se puso a empujar al emocionado ratoncito pasillo abajo y pasillo arriba.

—¡Más! ¡Más! —reclamaba el pequeño.

—Ya está bien —le dijo Ralph secamente.

Y miró disgustado a sus jóvenes parientes, que se amontonaban en una confusa pelea, ansiosos todos por ser el siguiente. Y eran tantos... El pasearles arriba y abajo del pasillo le ocuparía toda la noche.

—Venga —le dijo, enfadado, al primito que tenía más cerca; le puso el casco en la cabeza y le subió al asiento—. Acabemos de una vez.

—¡Más de prisa! —le pidió el primo—. Quiero ir más de prisa...

—¡Calla! —exclamó Ralph—. Querías subir a la moto y ya has subido.

Ralph no tardó en descubrir que empujar la moto por el suelo desnudo de los lados del pasillo era más fácil que empujarla por la alfombra. Pasillo arriba y pasillo abajo, caminó trabajosamente, paseando a un ratoncito tras otro, mientras soñaba con ir a correr él solo a la cocina, cuyo suelo de linóleo era la mejor pista de carreras de todo el hotel.

Pasillo arriba y pasillo abajo trasegó Ralph, empujando a hermanos, hermanas y primos. Se iba enfadando más y más mientras, fuera del hotel, en el cielo, se iban apagando las estrellas por encima de los pinos. La moto era suya. Se la había regalado un chico para que montase en ella, no para que la utilizase como coche de juguete. ¿Por qué no podían entender esto su madre y el tío Lester? Porque eran demasiado mayores. Demasiado mayores y demasiado asustadizos.

Ralph pensó que tenía mala suerte, por estar en medio de dos generaciones de ratones. (Casi todos los miembros de su camada habían muerto por haber comido grano envenenado que les puso un cocinero especialmente hostil.) Estaba, por una parte, la vieja generación, preocupada por la seguridad y por acumular las suficientes migas para los meses de escasez, entre la temporada veraniega y la de esquí. Y, por otra parte, estaba la generación más joven, formada por estúpidos ratoncitos que no hacían otra cosa que menearse sin parar, apelotonarse y engullir las migas disponibles tan aprisa como éstas llegaban al nido. Y el problema de Ralph era que nadie le comprendía.

Se iba haciendo de día, y el canto de un pájaro en los pinos le indicó a Ralph que el hotel estaba a punto de volver a la vida. El portero de noche no tardaría en despertarse y cerrar su libro, y el cocinero no tardaría en revolver sus cazuelas en la cocina.

Uno de los primos de Ralph, más valiente que los demás, fue corriendo a un extremo del pasillo, donde Ralph estaba empujando fatigosamente la moto.

—No hay derecho —le reprendió—. A él le has dado tres paseos, a algunos dos, y a mí sólo uno.

Ralph se detuvo en seco.

—¿Quieres decir que a algunos os he paseado más de una vez? —preguntó.

—Sí —fue la respuesta—. Y se lo voy a decir al tío Lester. Ya verás lo que te pasa.

Ralph estaba demasiado furioso para contestar. Le quitó el casco a su pasajero de un tirón, le bajó bruscamente al suelo, y montó en la moto, mientras hacía una inspiración profunda. *¡Pb-pb-b-b-b!* Y corrió por el pasillo hasta el vestíbulo.

Los primeros rayos del pálido sol matinal se filtraban por entre los pinos, que ahora estaban llenos de pájaros que trinaban alegremente. El portero de noche empezó a moverse. Todos los ratoncillos se asustaron y se escabulleron hacia la escalera, hacia la seguridad de sus nidos de Kleenex desmenuzado. El portero se incorporó, bostezó, se estiró y se rascó el pecho, dándole a Ralph el tiempo justo para llevar la moto al rincón oscuro de debajo del televisor, antes de que desapareciese del viejo hotel la última sombra de la noche.

Fatigado, con la mente llena de amargos pensamientos, Ralph dejó el casco en la polvorienta alfombra y se sentó en el suelo, apoyando la espalda en la rueda delantera de la moto. Los ratones adultos no habrían debido hacerle usar su hermosa moto como un juguete para entretener a un montón de inquietos y desagradecidos parientes, que se estaban haciendo mayores y que pronto se empeñarían en montar ellos solos en la moto. Y el tío Lester se empeñaría en que Ralph se lo permitiese. Pues bien, no pensaba hacerlo. Nunca más utilizaría la moto como juguete. No le importaba lo que dijese el tío Lester, ni nadie.

Ralph no quería convertirse, al llegar a mayor, en un ratón obsesionado por almacenar comida, como el tío Lester. No quería aposentarse en un nido de pedacitos de Kleenex, detrás del zócalo del cuarto de la ropa. Él quería una vida de velocidad, peligro y emociones. Quería ser libre, libre para hacer lo que le apeteciese y para montar cuando le apeteciese en su reluciente moto roja.

El reloj dio las seis, y, en la distancia, Ralph oyó el toque de la corneta, que esta vez estaba formado por unas alegres notas. Unas notas que parecían una llamada a la emoción y la aventura, y, ahora que sabía de dónde venían, una llamada a los bocadillos de jalea y cacahuete. Antes de que aquellas notas se hubiesen extinguido, Ralph oyó las risas y gritos de las niñas y niños que debían de tener aproximadamente la edad de Keith, el muchacho que comprendía a los ratones y que le había regalado la moto a Ralph.

Las estimulantes notas de la corneta, junto con las risas y gritos, intensificaron la rebeldía de Ralph. Y, mientras aún resonaban en el limpio aire de la montaña los últimos ecos de la corneta, Ralph tomó una decisión. Ahora sabía lo que iba a hacer. Iba a escaparse.

2

EN MARCHA

RALPH, demasiado excitado para esconderse bajo el reloj de péndulo, desde donde podía ver la televisión, pasó el día junto a su moto, debajo del televisor, observando la vida que se desarrollaba en el vestíbulo, y esperando a que llegara la noche. Las maletas eran colocadas en el suelo de un golpe. Los huéspedes se quejaban de no tener suficientes toallas, y, cuando se habían marchado, el recepcionista le decía a Matt:

—¿Qué se han creído que es esto? ¿El Waldorf?

Ralph oyó que el gerente del hotel le hablaba duramente a la gobernanta de la ceniza de cigarrillos que había en la alfombra. La gobernanta le habló aún más duramente a la doncella, la cual pasó el aspirador, pero de una manera tan descuidada que Ralph ni siquiera se asustó. Estaba demasiado abstraído en sus pensamientos, en la espera de la noche. Cuando el muchacho llamado Garf atravesó el vestíbulo pisando fuerte con sus botas camperas nuevas, de camino hacia la Colonia Vista Alegre, Ralph habría querido marcharse con él.

A última hora de la tarde, fueron llegando al hotel nuevos grupos de personas. Algunos miraban los viejos muebles y las polvorientas cabezas de ciervo, y se marchaban. Otros, demasiado cansados del viaje para buscar otro hotel; se quedaban. Cuando alguien ponía en marcha el televisor, Ralph lo aprovechaba para abrillantar con las patas los cromados de la moto. Cuando el aparato callaba, Ralph echaba un sueñecito, demasiado excitado para dormir profundamente. Por fin, la lejana corneta dejó oír sus lentas y tristes notas, y el viejo Matt dejó abierta la puerta principal cuando salió al porche para mirar las estrellas.

¡Había llegado el momento! Ralph se apresuró a ponerse el casco. Agarró los manillares y sacó la moto de su escondite, evitando llamar la atención del portero de noche, llevándola hasta la puerta por el lado del zócalo. Una vez en el porche, subió a ella, y, con un vigoroso *¡Pb-pb-b-b-b!*, llegó a los pies de Matt, por un suelo de agrietado cemento.

—Hola —le dijo Ralph, que podía hablar con los animales y con los seres humanos a los que les gustaban la velocidad y las motos, y que comprendiesen que la única manera de hacer andar una moto en miniatura era hacer un peterreo similar al de una moto de verdad.

—Oh, hola, pequeño —le dijo Matt—. ¿Adónde vas?

—Me marcho —dijo Ralph—. Con mi moto.

—¡No me digas! —exclamó Matt.

—Sí. Estoy harto de vivir aquí —explicó Ralph—. Me voy a algún lugar donde pueda ser libre.

—Quieres dejar a tu familia —dijo Matt, comprendiendo inmediatamente la situación—. Quieres ser independiente.

—Eso es —dijo Ralph—. Estoy cansado de que me den órdenes mi madre y mi tío. Estoy harto de los pelmazos de mis hermanos, hermanas y primos. No quiero pasarme la vida buscando migas cuando sea mayor. Quiero vivir aventuras y emociones; por esto me marcho en mi moto a buscarlas.

—Qué bien... —comentó Matt—. Ojalá pudiera yo hacer lo mismo. Marcharme una noche en una moto. Antes, siempre quería tener una moto, pero nunca podía comprármela. De joven, tuve que ayudar a mi familia, y después tuve una familia propia que cuidar. Y ahora que mis hijos se han hecho mayores y se han marchado, soy demasiado viejo para andar en moto.

El ratón y el hombre permanecieron un momento en silencio. Después, Ralph dijo:

—Bueno, tengo que marcharme.

—Adiós —le dijo Matt—. Buena suerte. Te echaré de menos. Siempre me gustaba verte corriendo por los pasillos como un pequeño campeón. Me parecía que las maletas no pesaban tanto.

Y, dicho esto, se volvió y echó a andar hacia la puerta del hotel.

—¡Oye, espera! —chilló Ralph.

Matt se volvió.

—¿Quieres algo?

Por alguna razón, Ralph vaciló antes de decir:

—Pensaba que podrías bajarme la moto al pie de los escalones.

—Y yo pensaba cómo ibas a arreglártelas —dijo Matt, pero no se movió para ayudar a Ralph.

—Mmm... tengo que darme prisa —dijo Ralph—. Esta noche tengo que hacer un largo camino.

—Lo siento, pero no puedo ayudarte —dijo Matt.

Ralph estaba asombrado. Para tratarse de un ser humano adulto, Matt siempre había sido amable.

—¿Por qué? —le preguntó.

—Si te bajase la moto al pie de los escalones, dependerías de mí —explicó Matt—, y depender de los demás no es ser independiente.

Ralph estaba desconcertado.

—Pero, ¿cómo voy a bajar la moto por los escalones sin romperla?

—No lo sé —respondió Matt—. Sólo espero que mañana por la mañana, cuando salga aquí, no tenga que barrer los pedazos de una moto roja.

Y, dicho esto, dio media vuelta y entró en el hotel, cerrando la puerta tras de sí.

—¡Vaya, ésta sí que es buena! —exclamó Ralph—. Y yo que creía que era amigo mío...

En la lejanía ululó un búho. De pronto, la noche pareció ser algo inmenso, y un ratón algo muy pequeño. La hilera de mecedoras vacías que se movían con la brisa inspiraba a Ralph cierto temor. No podía evitar la sensación de que estaban sentadas en ellas personas invisibles, fantasmas que podían en cualquier momento abalanzarse sobre él y robarle la moto. Miró los tres escalones de cemento y la curva que formaba, debajo de ellos, el camino asfaltado que llevaba a la carretera. La moto era un vehículo bueno

y resistente, pero de ninguna manera soportaría tres saltos sobre cemento. Quedaría hecha pedazos... pedazos que Matt barrería por la mañana.

De pronto, Ralph se sintió enfadado. Estaba furioso por la manera en que le había tratado su viejo amigo. Pero él le demostraría a Matt que podía arreglárselas solo. A la mañana siguiente, Matt saldría al porche esperando encontrarse con Ralph que quería volver a entrar en el hotel, pero Ralph no le daría aquella satisfacción. Ni él estaría allí, ni habría al pie de los escalones ninguna moto rota.

Ralph se puso a pensar en una posible solución a

su problema. Miró las fantasmales mecedoras, el agrietado suelo del porche, los escalones y el camino asfaltado. Una vez lo hubo mirado todo con atención, la manera de bajar la moto al camino le pareció facilísima. Unos siete u ocho centímetros por debajo del porche, a ambos lados de los escalones, había un bloque inclinado de cemento, una especie de rampa pensada como un borde para los escalones. Las dos rampas tenían unos veinticinco centímetros de anchura, y las dos acababan en una parte plana. Debajo de cada parte plana había un arbusto, que había sido recortado hasta formar una esfera un tanto irregular.

Lo que Ralph tenía que hacer era llevar la moto al borde del porche, saltar a la rampa de cemento y caer sobre el arbusto, el cual amortiguaría su caída y le haría llegar suavemente al suelo, por entre las hojas. El único problema era el terrorífico salto de siete u ocho centímetros, desde el suelo del porche a la rampa, pero Ralph estaba seguro de que podía saltar con éxito si conservaba la calma y mantenía las manos firmes. ¡Le daría una buena lección a Matt!

Ralph apartó la moto del borde del porche, y la situó a la altura de una de las rampas. Decidió que lo mejor sería salir a gran velocidad, a una velocidad suficiente para llevarle a la rampa sin bambolearse, para poder aterrizar sobre las dos ruedas. Al subir a la moto, le latía violentamente el corazón, pero mantenía la calma y agarraba bien el manillar.

Ralph inspiró de forma profunda. *¡Pb-pb-b-b-b-...!* Apretó más el manillar y corrió sin dificultad hacia el borde del porche. Tal como había planeado, contuvo el aliento cuando saltó al vacío. Después de una caída súbita y estremecedora, las ruedas de la moto tocaron la rampa.

A partir de ese momento, todo fue mal. Antes de que Ralph se diese cuenta de lo que ocurría, la moto bajó con enorme rapidez por la rampa, cuya superficie estaba desgastada y lisa por las muchas veces que se habían deslizado por ella los niños. Ralph saltó otra vez al vacío y cayó cabeza abajo en el arbusto. Se vio obligado a soltar la moto, y sintió el roce de las hojas y los arañazos de las ramitas, hasta que quedó atrapado en el ángulo de dos ramas. Se le había caído el casco, tenía arañazos en una oreja, y estaba muy asustado, pero no se había herido.

Cuando recuperó el aliento y hubo dejado de sentir el corazón golpeándole contra las costillas, se incorporó hasta quedar sentado en el nacimiento de la rama. El arbusto no había resultado ser el almohadón de hojas que Ralph esperaba. Desde su observatorio del centro del arbusto, pudo ver ahora que las hojas crecían sólo a los extremos de las ramas, y que el arbusto que le había parecido blando y muelle estaba desprovisto de hojas por dentro, y lleno, en cambio, de punzantes ramitas secas.

«¡La moto! —pensó Ralph desesperado—. ¿Dónde está la moto?» Entonces la vio, muy por encima de él, colgada de una rama por la rueda trasera. El casco había caído al suelo.

Ralph hizo lo único que podía hacer: trepar hasta donde estaba la moto y ponerse a roer las ramas. La rama que sostenía la moto tenía un sabor seco y polvoriento, pero Ralph la royó hasta romperla, y la moto cayó suavemente hasta otra rama que estaba debajo. Ralph descendió también, y, al ver que no podía liberar la moto con las patas, se puso a roer otra vez. No iba a permitir que algún día le dijese algún primito: «¿Qué pasó con tu moto? ¿Eh? ¿Qué pasó con tu moto?»

Ralph fue royendo las ramas una a una para hacer bajar la moto, y, cuanto más descendía, más gruesas eran las ramas. Cuando por fin la moto cayó al suelo al lado del casco, a Ralph le dolían las mandíbulas. Arrastró la máquina por el césped hasta el camino asfaltado, y estaba a punto de montarla cuando, inesperadamente, se abrió la puerta del hotel y apareció en el porche el viejo Matt, en pijama y bata, mirando a su alrededor.

—El pequeño debe de habérselas arreglado de alguna manera para bajar la moto —le oyó murmurar Ralph—. Ahora quizá podré dormirme.

«Te he dado una buena lección», pensó Ralph severamente, mientras subía a la moto y echaba a correr hacia la carretera, hacia la oscuridad y la temible noche. ¡Adiós, hermanos, hermanas, primos! ¡Adiós, tío Lester! ¡Adiós, Matt! ¡Ralph era libre!

¡*Pb-pb-b-b-b*...! Ralph saltaba por el desigual camino asfaltado hacia la carretera de la montaña, donde no tardó en descubrir que una de las roderas constituía una buena pista para un ratón. Y después hizo un descubrimiento aún más interesante: la gravedad. Si se ponía en marcha rápidamente, podía correr cuesta abajo, sin motor, a una velocidad increíble. Los pasillos del Hostal de la Montaña no eran nada en comparación con esto.

Aquella noche satisfizo los sueños de libertad de Ralph. Fue una noche de peligro y aventura. Una vez, cuando le asustaron los faros de un coche que se apro-

ximaba, se echó a un lado de la carretera, y él y la moto se vieron arrastrados por la corriente de aire del coche, dieron varias vueltas y fueron a parar a las hierbas de la cuneta. A partir de entonces, Ralph estaba alerta cuando oía acercarse un coche; salía de la carretera y se agarraba a una hierba hasta que el coche había pasado. Esta prueba de su destreza le resultaba emocionante. Hacia el amanecer empezaron a bajar de la montaña, con gran estruendo, los camiones cargados de troncos, que hacían temblar la tierra al aproximarse. Ralph nunca había visto algo tan terrorífico como aquellos grandes monstruos de dobles ruedas, con los troncos atados a la parte posterior, que bajaban rugiendo por el centro de la carretera, y ellos le anunciaron que había llegado la hora de esconderse para pasar el día. Comió algunas polvorientas semillas de hierbas, bebió rocío, se echó a dormir debajo de una hoja y se puso en marcha otra vez al anochecer, hacia el lugar donde sonaba la corneta.

Entre automóviles y camiones, entre las sombras de la noche, Ralph volaba carretera abajo. Aquel viaje era la libertad con la que había soñado, la velocidad sin esfuerzo. Una vez le vino a la cabeza la idea de que, si alguna vez quería volver al Hostal de la Montaña, nunca podría volver a subir la montaña por sus propios medios. Pero, ¡qué idea tan tonta! ¿Por qué habría de querer volver alguna vez al Hostal, cuando podía viajar de esta manera?

La tercera noche del viaje de Ralph, cuando la oscuridad se disipaba y los pinos iban siendo sustituidos por robles bajos, Ralph se encontró en campo raso, sin sombras que le protegiesen. Un camión cargado de leche pasó traqueteando, de camino al Hostal de la Montaña. Los mirlos saludaban el amanecer con sus gorjeos y, en algún lugar cercano, cantó un gallo. Un faisán cruzó la carretera volando a poca altura, sobresaltando a Ralph y haciéndole chocar con un pedazo de grava. La carretera, que ahora seguía el curso de una acequia, era llana, y Ralph tenía que producir la energía que le impulsaba.

¡Pb-pb-b-b-b…! Ralph seguía avanzando, pero la luz del día le preocupaba. Buscaba un lugar donde esconderse cuando oyó el toque de la corneta, la alegre melodía de las mañana, tan cercana que le pareció notar sus vibraciones. Antes de que se extinguiesen sus ecos, llenaron el aire risas y gritos. ¡Niños y niñas alrededor de los diez años! ¡Bocadillos de jalea y mantequilla de cacahuete! Ralph había llegado a su destino.

Ralph habría deseado que el viejo Matt le viese cuando dejó la carretera y se metió por un camino de grava que cruzaba un pequeño puente por encima de la acequia. Tenía ante él un grupo de edificios bajos, no muy nuevos, rodeados de césped y sombreados por unos nogales. Niños y niñas se lavaban la cara en unas jofainas colocadas sobre bancos. Entonces, Ralph vio que se le acercaba, saltando, un gran perro de pelo castaño, y se detuvo, inmovilizado por el terror. El perro se detuvo también, tan bruscamente que estuvo a punto de caer sentado en la grava. Recuperó el equilibrio y se acercó al ratón, olisqueando con su hocico negro y húmedo. Ralph seguía inmóvil, atemorizado,

agarrando fuertemente el manillar, mientras el horrible hocico negro le olía.

—¿Quién eres tú? —le preguntó el perro.

—¡Calla, Sam! —gritó un niño.

—Un ra-ratón —respondió Ralph, que se sentía muy pequeñito.

Sam le miraba con curiosidad.

—¿De dónde has sacado esa moto? —quiso saber.

—Me la regaló un niño.

Ralph empezaba a sentirse un poco más valiente, pero sólo un poco. Aquel perrazo podía engullir a un ratón de un solo bocado. «Pero no lo hará si me agarro bien a la moto», pensó Ralph, sintiendo que no le había abandonado completamente el valor. Un perro no se comería una moto.

—No me digas —replicó Sam—. ¡Una moto para un ratón! ¿De dónde vienes?

—Del Hostal de la Montaña.

—Ese lugar destartalado... —dijo Sam—. No me extraña que los ratones lo abandonen. Y, ¿adónde vas?

—Pues... venía aquí —respondió Ralph—. He seguido el sonido de la corneta. Quería estar entre niños y niñas, y entre bocadillos de jalea y cacahuete.

—Lo siento, pero aquí no puedes entrar —dijo Sam—. Soy el perro guardián de la Colonia Vista Alegre, y mi misión es protegerla.

—Oh, vamos —dijo Ralph, que empezaba a ver que Sam no era en realidad un perro fiero—, yo sólo soy un ratón.

Sam pareció dudar. Evidentemente, era un perro a quien le gustaba complacer a todo el mundo.

—Te dejaría entrar si pudiera, pero tengo orden de no dejar pasar a nadie que no sea de aquí.

—Anda, por favor... —rogó Ralph, encogiéndose—. Sólo soy un ratoncito. Ni se darán cuenta de que estoy aquí.

La bondadosa cara marrón de Sam parecía preocupada.

—No —dijo por fin—. No puedo dejarte pasar. Tengo órdenes de la tía Jill y del tío Steve, de la dirección de la Colonia. Ellos son los que mandan aquí.

—He hecho un viaje largo y difícil —dijo Ralph—. Estoy cansado y tengo hambre.

Sam parecía tan preocupado que Ralph pensó que podría convencerle.

—Ya sabes que a los niños les gustan los ratones —dijo—. Estarían contentos de tenerme.

Sam volvió la cabeza y echó una mirada a un edificio blanco que había bajo los nogales. Después volvió a mirar a Ralph.

—Te digo que no puedo —repitió—. Si te dejara entrar, desobedecería las órdenes que tengo. Ya estoy en falta porque el otro día vino un auto en plena noche y dejó aquí un cajón con unos gatitos. Y se fue antes de que yo pudiese despertar a alguien.

—¡Gatitos! —chilló Ralph, horrorizado.

—Tengo un gran problema con los gatitos —explicó Sam, abatido—. La gente siempre está abandonando gatitos aquí, porque saben que las niñas les pedirán a sus padres que les dejen llevárselos a casa.

—¿Tenéis muchos gatitos? —preguntó Ralph, que volvía a sentir miedo.

—Demasiados —respondió Sam—. Ya teníamos tres que eran de aquí, y la otra noche nos dejaron seis. Y, una vez están aquí, no se me permite hacerles nada. No hay derecho. Si hay una cosa que no puedo soportar son los gatitos. Son animalitos tontos, sin ningún sentido de la responsabilidad.

La preocupación de Sam hizo que Ralph se sintiese valiente otra vez.

—¡Si eres el vigilante de aquí, vigílame! —exclamó.

Entonces, inspirando profundamente, se lanzó con la moto entre las patas de Sam, y salió por detrás de él antes de que el sorprendido perro pudiese volverse. Esquivando una nuez verde caída en el suelo, llegó a una extensión de hierba que había junto a un edificio próximo.

—¡Vuelve aquí! —ladró Sam—. ¡No puedes pasar!

Y empezó a olisquear entre las hierbas.

Ralph no había contado con que el perro le persiguiese. Había creído que, una vez estuviese dentro de la finca, Sam le dejaría estar.

Gruñendo, Sam movía el hocico por las hierbas como si fuese un aspirador. Ralph, que no podía hacer marchar la moto entre las hierbas, tenía que empujarla. El húmedo y negro hocico separaba los tallos, y Ralph fue salvado en el último momento por el túnel de una ardilla de tierra. Se metió en él arrastrando consigo la moto.

—Ah, eso sí que no... —gruñó Sam.

Y se puso a escarbar con sus poderosas patas delanteras. Empezaron a volar terrones de tierra. Arrastrando la moto tras él, Ralph retrocedía y se iba introduciendo en el túnel, pero las patas del perro iban más aprisa que él.

—¡Venid todos! ¡Sam ha encontrado una ardilla de tierra! —gritó un muchacho, y Ralph oyó las pisadas de otros niños por encima del túnel.

—¡Cógela, Sam! —le apremió otro chico.

—¡Cógela, Sam! —parecían decir todos al mismo tiempo.

—¡Sois malos con la ardilla! —protestó una niña.

Varias voces de niñas se pusieron a gritar:

—¡Vete, ardilla, vete!

Cada vez más de prisa, las patas de Sam arañaban la tierra con sus fuertes uñas. El perro jadeaba. Ralph avanzaba más y más por el túnel, hasta que, delante de él, una voz desagradable dijo:

—¿Adónde demonio vas?

—¡Iik! —chilló Ralph, al verse frente a la propietaria del túnel.

Se apresuró a colocar la moto, que había estado arrastrando, delante de él, para protegerse.

—¡Fuera de aquí! —le dijo la ardilla, con una mala mirada—. No hice este túnel para los ratones.

Las patas del perro se acercaban.

—¡Muy bien, Sam! —gritaban los chicos.

—¡Vete, ardilla, vete! —gritaban las chicas.

Hasta la ardilla parecía preocupada.

—Por favor —le suplicó Ralph—, sálvame de esa fiera.

La ardilla estaba más interesada en salvarse a sí misma. Estaba empezando a retroceder por el túnel.

—Puedes quedarte hasta que el perro pare de cavar, pero no más —dijo, y desapareció en el laberinto de túneles.

No lejos de allí, sonó una campana.

—¡El desayuno! ¡La hora de la comida! —gritaron los niños.

Y los pies que corrían en dirección a la campana hicieron temblar la tierra por encima de Ralph. Las patas de Sam dejaron de agitarse, pero Ralph le oía aún jadear. El perro metió su temible hocico en el túnel, olisqueó una última vez y después se alejó él también para desayunar.

—¡Uuf! —suspiró Ralph, aliviado, apoyándose en la moto.

Se había imaginado la Colonia como un lugar donde los niños le darían bocadillos de jalea y cacahuete; no había esperado encontrarse con aquel oscuro y polvoriento túnel habitado por una antipática ardilla.

3

JUGUETE EDUCATIVO

RALPH no descansó mucho rato.

—Levántate, ratón —le dijo la ardilla de tierra, salida de algún oscuro rincón de su madriguera—. Ya puedes marcharte.

—¿Tengo que irme? —le preguntó Ralph en tono suplicante, mirando con temor los largos dientes curvos de la ardilla—. Vengo de muy lejos, y necesitaría dormir todo el día.

—Vamos, lárgate —insistió la ardilla, mirándole con sus ojos miopes—. Este túnel es mío, y no quiero que se llene de ratones.

—Por favor... —dijo Ralph, intentando dar a su voz un tono lastimero—. Sólo soy un ratoncito, y he hecho un viaje largo y duro.

—Ya os conozco a vosotros los ratones —respondió la ardilla—. Sois pequeñitos y parecéis inofensivos, pero, cuando os instaláis en algún lugar, os hacéis los amos.

Y después añadió, en un tono más amable:

—Además, es mejor que te escapes mientras puedas. Ese perro, después de desayunar, se pondrá a hacer su ronda de inspección, y, cuando vea la tierra que ha removido, se pondrá a cavar otra vez.

—Quizá tengas razón —admitió Ralph, que no tenía muchos deseos de compartir una madriguera con una ardilla gruñona.

Empujó la moto hacia arriba, hacia el círculo de luz que era la entrada del túnel. Allí se detuvo un momento, hasta que sus ojos se acostumbraron a la luz del sol.

Un pollito separado de los suyos paseaba por el césped, debajo de los nogales. En el establo relinchó un caballo. Del comedor llegaban las risas y las charlas de niños y niñas, y el ruido de los cubiertos. Por el momento, no parecía haber peligro alguno. Ralph se atrevió a emprender un tranquilo viaje por un sendero que llevaba a un pequeño edificio al que daba sombra un emparrado. En la esquina del edificio vio un macizo de bambúes, que representaba un posible refugio. Las hojas y cáscaras caídas en el suelo eran anchas y suaves, y los resecos bordes se curvaban. Ralph llevó la moto al pie de un bambú, y la cubrió con una de las cáscaras. Los bordes de la cáscara se curvaron en torno del vehículo, de modo que éste quedó completamente oculto. Escondió el casco bajo otra cáscara, y, demasiado cansado para ponerse a buscar comida, se metió debajo de una tercera cáscara.

Con un suspiro de placer, Ralph se enroscó sobre sí mismo hasta formar una bolita. Las hojas en las que descansaba eran un blando colchón. La cáscara que le cubría era suave y sedosa, y se curvaba sobre él, como protegiéndole. Hacía mucho tiempo que no se sentía tan cómodo. Del comedor le llegaba una deliciosa fragancia de repostería caliente, recordándole el comedor del Hostal de la Montaña. Los niños y niñas se pusieron a cantar:

Por aquí están los caballos.
a mi alrededor;
cuando yo me haya marchado,
¿quién dará cuerda al reloj?

Ralph pensó si Matt le habría dado cuerda al reloj del vestíbulo. Quizá el viejo conserje estaba buscando una moto rota debajo de los arbustos, al pie de los escalones del porche. ¡Pues bien, no la iba a encontrar! Ahora, lo único que le hacía falta a Ralph era un bocadillo de jalea y mantequilla de cacahuete... Cayó en el sueño más profundo de que había disfrutado nunca.

Le despertó un peso que le oprimía contra las hojas de bambú. Se removió, pero la presión se hizo más fuerte. Y oyó una voz de gato que decía:

—Fijaos bien. Ésta es la manera de tratar a un ratón.

¡Aquello despertó a Ralph completamente! Horrorizado, vio que le inmovilizaba la pata de un despiadado gato, y que le rodeaban además la madre gata y unos gatitos que le observaban con interés. Volvió a cerrar los ojos e intentó fingir que no estaba allí. No podía creer lo que le ocurría. Los ataques de los gatos eran algo que les ocurrió a los demás, y no a él. Ahora deseaba haber hecho caso a las frecuentes advertencias de su madre sobre los gatos, las lechuzas, las personas, las ratoneras, el grano envenenado y los aspiradores.

—Niños, prestad atención —decía la madre gata a los gatitos—. Un ratón vivo es un juguete interesante e instructivo.

Ralph ya se sentía bastante infortunado; sólo le faltaba ser instructivo.

—Mirad —dijo el gato.

Ralph se vio libre del peso que le oprimía. Una garra le cogió y le lanzó al aire. Nada parecido le había ocurrido antes. Cayó en el suelo sobre las cuatro patas, y se quedó inmóvil debido al terror, mirando de frente al gato. Con todos los músculos tensos, esperó a que el gato se abalanzara encima de él, pero nada de eso ocurrió. El gato, que mostraba una expresión de interés en su horrible rostro peludo, se limitaba a observarle, sentado. Ralph oía que los niños y niñas salían del comedor y se dirigían a los diferentes puntos de la colonia, pero no se atrevía a mirarles. Si observaba atentamente al gato, por si éste se distraía un momento, quizá podría escapar. El gato, aparentemente distraído por el vuelo de una mariposa, apartó la mirada. Ralph dio un salto, intentando huir, pero el gato volvió a inmovilizarle en el suelo de un zarpazo.

—Así se hace —dijo el gato—. Los ratones son seres estúpidos, fáciles de engañar.

Ralph yacía inmóvil, con el cuerpo flojo. Las malévolas garras se curvaban en torno de su cuerpo. Si se movía un solo milímetro, sería apuñalado en cinco puntos. «Quizá se marcharán si me hago el muerto», pensaba. Varios niños entraban y salían por una puer-

ta cercana, pero ninguno venía a salvar al ratoncito que estaba detrás de los bambúes.

—Ahora se está haciendo el muerto —explicó el gato—, pero siento latir su corazón.

Por desgracia, Ralph no podía evitar que su corazón latiese. Si se libraba de aquel gato, en el futuro se portaría mejor. Haría caso a su madre cuando ésta le advirtiese sobre los gatos, las lechuzas, las personas, las ratoneras, el grano envenenado y los aspiradores. Sería un buen ejemplo para sus hermanos, hermanas y primos.

—Niños, dejad estar esa mariposa y mirad con atención —ordenó la madre.

—Así se juega a la pelota con un ratón —explicó el gato.

Entonces, Ralph se sintió levantado por las garras

del gato y lanzado al aire. Consiguió aterrizar sobre las cuatro patas, en las hojas de bambú, pero estaba demasiado aterrorizado para moverse. Le alegró ver que los gatitos se habían distraído. Uno de ellos se revolcaba, tratando de cogerse la cola. Otro se puso a retozar persiguiendo una hoja. El tercero echó a correr detrás de una niña, que le tomó en sus brazos y se lo llevó. El gato grande pareció perder interés en Ralph y se quedó sentado tranquilamente, con la cola enroscada en torno de las patas, mirando cómo se movían las hojas de los bambúes.

«Cree que me ha engañado», pensó Ralph. Si se movía, era seguro que el gato se lanzaría sobre él. Si no se movía, se lanzaría sobre él igualmente. No había modo de escapar. Estaba condenado, condenado a convertirse en el aperitivo de un gato.

Afortunadamente, Ralph no hubo de tomar ninguna decisión. De pronto, se produjo un gran ruido en las hojas del suelo, y cayó sobre él una especie de nube suave y transparente. Y después se sintió revolcado y levantado del suelo.

—¡Muy bien, Garf! —exclamó una voz de mujer—. ¿Qué mariposa has cogido?

—No es una mariposa —respondió el niño—. Es un ratón. Lo he salvado de Catso.

Para entonces, Ralph había conseguido ponerse de pie, y vio que estaba suspendido en el aire, en algún tipo de red. Vio a través de las mallas a una mujer gordita y de aspecto amable, que llevaba pantalones y una blusa. También vio al niño, que era el mismo que había estrenado sus botas de vaquero en el Hostal de la Montaña, que ahora le sostenía tan ignominiosamente en el cazamariposas.

«Es mejor una red que las garras de un gato», pensó Ralph, resignado, porque él creía que donde había un niño había esperanzas. A los chicos les gustaban los ratones.

—¡Un ratón! —exclamó la mujer—. ¿Has cogido un ratón con el cazamariposas?

—Sí —respondió el muchacho—, y voy a quedarme con él.

«¿Dónde me meterá? —se preguntó Ralph—. ¿En el bolsillo?» Deseó que fuese así. El bolsillo de un chico debía de ser calentito y oscuro, y debía de estar lleno de migas. El gato, privado de su presa, se alejó majestuosamente con la cola levantada, muy digno, fingiendo que de todas maneras no le interesaba aquel ratón.

—¡Estupendo! —exclamó la mujer con entusiasmo.

Esto sorprendió a Ralph. Todas las mujeres que había conocido: la gobernanta, las doncellas y las huéspedes del hotel consideraban a los ratones como animales desagradables o como fastidiosos roedores, y se pasaban la vida luchando con unos animalitos perfectamente inofensivos, desde el punto de vista de Ralph.

—Le haremos un sitio en el rincón de la naturaleza —añadió la señora, que debía de ser la tía Jill de la que había hablado Sam—. Ven al taller. Estoy segura de que tenemos por allí una jaula vieja.

Ralph se sintió decepcionado. Él había esperado un bolsillo oscuro y lleno de migas. Y, al mismo tiempo, estaba preocupado. Si le encerraban en una jaula, ¿cómo podría volver a la moto?

La puerta de tela metálica crujió al abrirse, y Ralph se encontró mirando, a través de la red, el taller de artesanía. Era una estancia en la que había largas mesas de trabajo, y con las paredes cubiertas de estantes, en los que había cajas, botes y objetos diversos. Sentadas en un banco había tres niñas, ocupadas en trenzar unas largas cintas de plástico coloreado. No parecieron hacer caso al muchacho hasta que la señora revolvió en los estantes y sacó de ellos una pequeña jaula de alambre, en cuyo interior había una pequeña noria y un bebedero. Aquello despertó súbitamente el interés de las niñas.

—¿Para qué es la jaula, tía Jill? —preguntó una de ellas, mientras las tres se levantaban del banco.

—Garf ha cogido un ratón en sus cazamariposas —explicó la tía Jill—. Y quiere quedarse con él.

—¡Con un cazamariposas! —exclamaron las chicas, que encontraban graciosa aquella hazaña—. ¡A verlo! ¡A verlo! —rogaron.

Ralph fue sacado de la red e introducido en la jaula. Tras él fue cerrada la puerta y echado el pestillo. Corrió a refugiarse detrás de la noria, y se quedó allí temblando, en parte por el temor que sentía y en parte por el alivio de verse a salvo del gato.

—¡Qué mono es! —exclamaban las niñas, acercando mucho la cara a los barrotes de la jaula. A Ralph, aquellas caras le parecían enormes—. ¡Qué bonito es! ¡Qué orejitas tiene! ¡Y qué manitas tan pequeñas!

Con una mirada, Ralph pidió ayuda al muchacho, que se había apartado del grupo y que ahora estaba junto a la puerta, con el entrecejo fruncido.

—Tía Jill, ¿podemos darle de comer? —rogaron las niñas—. Por favor, déjanos darle de comer.

Ralph se volvió de espaldas y se hizo una bolita lo más pequeña que pudo.

—El ratón es de Garfield —dijo la tía Jill—. Es él quien tiene que darle de comer.

—Es igual ... —dijo Garf.

A Ralph le pareció que Garf estaba enfadado. Oyó que el niño salía del taller, y oyó el crujido y el golpe de la puerta al abrirse y cerrarse.

—¿Qué le pasa? —preguntó una niña, en un tono que indicaba que en realidad le daba lo mismo.

—Niñas, ¿sabéis lo que tendríamos que hacer? —dijo la tía Jill—. Creo que entre todos tendríamos que ayudar a Garfield a que se lo pasara bien. Es la primera vez que sale de su casa, y no conoce a nadie de aquí. Creo que se siente solo.

—Pero Garf es malo —protestó la niña que tenía la nariz quemada por el sol—. Siempre quiere estar solo.

—Esto no quiere decir que sea malo —señaló la tía Jill.

—Es verdad... —reconoció la niña—. Pero es... ah, no sé. Además, Garf es un nombre raro.

—Quizá a él no se lo parece —dijo la tía Jill.

Ralph notaba que una de las niñas intentaba meter el dedo por entre los barrotes de la jaula.

—En las comidas no habla ni canta —dijo otra de las niñas, mientras tocaba a Ralph con un palito—. Come sin decir una palabra y después se levanta y se va.

Ralph intentaba encogerse aún más.

—Míralo; está ahí afuera sin hacer nada —dijo otra niña—. Casi nunca le dice nada a nadie.

La tía Jill cogió la jaula de Ralph y la colocó en el extremo de un estante, cerca de una ventana.

—Pues coger a un ratón con un cazamariposas ya

es hacer algo —observó la tía Jill—. Creo que Garf tendría que ocuparse del ratón.

Ralph decidió permanecer completamente inmóvil. Si lo hacía, todos se marcharían, tarde o temprano, y le dejarían gozar de la tranquilidad de aquella agradable y segura jaula. Y entonces quizá volvería Garf. Quizá, incluso, el muchacho pensaría en traerle un pedacito de bocadillo de jalea y cacahuete. Y entonces él le explicaría que necesitaba salir de la jaula porque tenía que ocuparse de la moto. Estaba seguro de que Garf era capaz de entender aquello, pues parecía ser el tipo de muchacho al que le gustaba la velocidad y las motos, y que sabría cómo hacer funcionar una moto en miniatura.

4

CHUM

CUANDO Ralph despertó, toda la colonia estaba oscura. Junto al taller de artesanía, entre las hierbas, cantaban los grillos. En la distancia, las ranas croaban, callaban de pronto, volvían a croar. Tímidamente, Ralph se puso a examinar su nuevo hogar. Alguien le había llevado comida y agua. Incluso, una mano cuidadosa había dejado un pedazo de papel en una esquina. Sabiendo que estaba a salvo del gato, Ralph comió algunos granos secos y mordisqueó una hoja de lechuga, hasta saciarse. Después rasgó en trocitos el papel, que era un poco más recio que los Kleenex de que disponía en el Hostal de la Montaña, y esparció los trocitos por la jaula. Después, reunió el valor necesario para probar la pequeña noria.

Trepó cuidadosamente a la noria, pero ésta se balanceó de una manera tan alarmante que Ralph saltó otra vez al suelo. Se movió por la jaula examinando la noria desde todos los puntos de vista. Decidió que lo peor que podía ocurrirle era caer al suelo, y volvió a intentarlo. Esta vez se quedó en la noria, y, cuando se acostumbró al balanceo, probó a dar unos pasos, con cuidado. La rueda se movió bajo sus pies, y ello le resultó agradable.

Ralph se puso a caminar más aprisa. La rueda giraba a mayor velocidad. Ralph corrió tan de prisa como pudo, y después se detuvo. Sorprendido, vio que la noria seguía girando, llevándole con él y haciéndole describir un círculo completo, de modo que, por un instante, antes de volver a bajar, estuvo cabeza abajo en lo alto de la noria. ¡Qué divertido era aquello! Cuando la noria se detuvo, Ralph se puso a correr otra vez, para volver a dar la vuelta entera. Y siguió corriendo y dando vueltas, mientras en el taller de artesanía se iban disipando las tinieblas de la noche. El dar vueltas en una noria era tan peligroso y emocionante como ir en moto.

¡La moto! Ralph saltó de la noria y fue al lado de la jaula que estaba más próximo a la ventana. Los rayos horizontales del sol naciente se filtraban por los bambúes, pero, por más que Ralph se esforzó, no pudo ver ni un destello del metal rojo ni de los cromados. Ni siquiera podía estar seguro de que la moto estaba aún escondida bajo la cáscara de bambú.

En un pabellón cercano sonó un despertador, y salió por la puerta un muchacho en pijama arrugado, que se puso a tocar en la corneta las alegres notas que despertaban a la colonia. Ralph empezó a esparcir los pedacitos de papel por el suelo de la jaula, a mordisquear su comida y a correr en la noria. Mientras los niños y niñas estaban en el comedor desayunando,

Garf entró en el taller, comprobó que Ralph tenía suficiente comida y agua, y volvió a salir, tan de prisa que el ratón no tuvo tiempo de hacer acopio de valor para hablarle. «Es curioso —pensó Ralph—. Este chico ha entrado aquí como si estuviese haciendo algo malo.»

Después del desayuno, fueron entrando en el taller de artesanía la tía Jill y varios chicos y chicas, y se pusieron a formar dibujos pegando en trozos de madera granos de arroz y de trigo, guisantes y judías. Mosaicos, les llamaban a aquellos dibujos. «Qué manera de malgastar comida», pensó Ralph, recordando algunas épocas difíciles que había pasado con su familia en el Hostal de la Montaña. Con los granos que estropeaban aquellos niños habría vivido durante semanas una familia de ratones.

Los artesanos no tardaron en descubrir la presencia de Ralph, y él les complació poniéndose a correr en la noria.

—¡Oh, mirad cómo da la vuelta completa! —dijo un chico llamado Pete.

—¡Qué mono es! —exclamó una niña.

Al parecer, todas las niñas decían que los ratones eran «monos», por lo menos los que estaban encerrados en jaulas.

Ralph no pudo resistir la tentación de exhibirse dando la vuelta completa una vez más, y, cuando un buen número de manos le metieron trocitos de mosaico en la jaula, él comió ávidamente. Por lo menos, en la Colonia Vista Alegre no era necesario angustiarse por la comida.

Cuando Garf volvió a entrar en el taller, mientras

todos los demás estaban en el comedor, Ralph reunió el valor necesario para hablarle.

—Oye... —empezó a decir tímidamente.

Pero el muchacho no debió de oírle, porque en aquel mismo momento se puso a canturrear:

El conejito Fru-fru
salta por el bosque,
atrapa a los ratones
y les da en la cabeza.

Ralph se quedó atónito al escuchar aquellas palabras. ¿Qué clase de muchacho cantaría una canción tan horrible? Ciertamente, no era un muchacho en quien un ratón pudiese confiar. Asustado y decepcionado, se escabulló a un rincón de la jaula y le volvió la espalda a Garf.

Pero vino el Hada y le dijo:
«Conejito Fru-fru, no quiero
que andes por el bosque
atrapando ratones
y dándoles en la cabeza.»

Acurrucado en su rincón, temblando, Ralph escuchaba, y había algo que no entendía. Garf cantaba, con evidente placer, la misma canción que los demás niños estaban cantando en el comedor, pero con una melodía diferente. Cuando las voces del comedor se hacían más agudas, la de Garf se hacía más baja, y, cuando las voces del comedor se hacían más bajas, la de Garf se hacía más aguda. A veces, la voz del chico no subía ni bajaba, sino que vacilaba, sin decidirse.

Ralph estaba amargamente desilusionado por el giro que habían tomado los acontecimientos. A Garf no le gustaban la velocidad ni las motos; le gustaba cantar y darles en la cabeza a los ratones.

Los cálidos días veraniegos fueron pasando monótonamente. Ralph tenía más comida de la que necesitaba, y el ejercicio que hacía en la noria le mantenía en forma. Cada vez que Catso entraba furtivamente en el taller de artesanía y mostraba algún interés por la jaula de Ralph, alguien le cogía y le echaba.

La vida de Ralph era segura, cómoda y no desagradable. Desde su jaula, próxima a la ventana, tenía una buena vista de la colonia. A la izquierda, a través de los bambúes, veía los pabellones de los niños. A su derecha estaban los de las niñas. Delante tenía el comedor, la dirección de la colonia, el trampolín, la piscina, y un círculo de bancos y de viejos pupitres escolares delante de una tarima en la que había un piano. A la derecha, a lo lejos, más allá de los nogales, brillaba un prado bajo el sol. Los monitores, que eran estudiantes universitarios, como el portero de noche del Hostal de la Montaña, dirigían las actividades de los niños, y cada uno de ellos dormía en un pabellón con ocho o diez niños o niñas.

Ralph siempre encontraba algo interesante que mirar: los niños y niñas que extendían al sol sus sacos de dormir, para airearlos; los monitores que dirigían canciones y juegos al anochecer, alrededor de la hoguera; los niños que corrían para ser los primeros cuando sonaba la campana de las comidas; los niños y niñas calzados con botas de vaquero o con botas de montar inglesas que iban hacia el establo para las clases de equitación.

Niños y niñas jugaban, y los gatitos retozaban bajo los nogales. Catso descubrió un pequeño agujero en la oxidada tela metálica de la puerta del taller, agujero que se puso a explorar con una pata como si se tratase de un nido de ratones. Pero el fiel Sam venía siempre a decirle que se marchase.

Ni una vez se olvidó Garf de ocuparse de Ralph, y, cuando no cantaba con aquella extraña voz, algunas veces le hablaba.

—Hola, pequeño —le decía, mientras quitaba rápidamente el bebedero e iba a llenarlo al fregadero.

Hasta le ofrecía a Ralph una semilla de girasol en los dedos. Ralph se sentía tan solo que estaba tentado de aceptar la semilla. Pero después se acordaba de la canción en la que los ratones eran golpeados en la cabeza, y se retiraba a un rincón de la jaula.

Una tarde que Ralph se sentía más solitario que nunca, llegó a la conclusión de que un niño que le daba de comer a un ratón tres veces al día no podía ser muy malo, y que, la próxima vez que Garf le ofreciese una semilla de girasol, se arriesgaría a cogerla.

Pero, cuando Garf vino, se puso a cantar otra vez. Esta vez se trataba de una canción diferente de la que cantaban los demás niños en el comedor. Aquella canción le inspiraba curiosidad a Ralph, porque la había oído cantar a otros niños, pero no había llegado a entender la letra. Los niños nunca la cantaban cuando estaba cerca la tía Jill, y esto aumentaba la curiosidad de Ralph. Tenía la impresión de que aquella letra no estaba hecha para los oídos de los adultos, lo cual, naturalmente, la hacía mucho más interesante.

Grandes cachos verdes de tripas de ardilla sucias y
[grasientas,
pies de mono fritos,
cría de periquito picada...

¡Con aquello le bastó a Ralph! En su prisa por esconderse, tropezó con el pico del bebedero e inundó un lado de la jaula. Halló refugio detrás de una hoja de lechuga, y allí se acurrucó, temblando, nervioso y atemorizado, negándose a oír una sola palabra más de aquella espantosa canción. ¡Quizá también hablaba de ratones! Permaneció oculto detrás de la hoja durante un rato muy largo. Ahora estaba seguro de que no había esperanza alguna de comunicar con Garf. ¡Cría de periquito picada! Y el niño había cantado aquellas palabras con verdadero placer.

Un día, cuando ya Ralph se creía condenado a la soledad, entró en el taller una niña pecosa que vestía una camiseta deformada, shorts y botas de vaquero, llevando en los brazos una jaula diez veces mayor, por lo menos, que la de Ralph, y la dejó en la mesa, en el rincón de la naturaleza.

—Hola, tía Jill —saludó—. Aquí estoy otra vez, y aquí está Chum. Traigo su caja de comida y su bolsa de virutas.

La tía Jill dejó estar la cuerda que estaba enseñando a trenzar y se levantó para abrazar a la niña.

—¡Hola, Lana! ¡Bien venida! Me alegro de volver a verte. Mira, este año Chum tendrá un amigo. Es un ratón que atrapó un chico nuevo con un cazamariposas.

Tomó la voluminosa jaula y la colocó en el estante, al lado de la de Ralph.

Ralph se subió a la noria para observar mejor al nuevo ocupante del rincón de la naturaleza, un animal de aspecto malhumorado, de pelo blanco y marrón. Ralph, que nunca había visto un animal como aquél, le miró sin decir nada, mientras el desconocido se afanaba en esparcir las virutas de cedro por el suelo de su jaula. Las llevaba de aquí para allá, y las pisoteaba; parecía que le costaba disponerlas a su gusto. Después se fue a examinar su plato de comida, separó un cierto número de bolitas verdes, y las arrojó fuera de la jaula. La distribución de las virutas de cedro seguía sin gustarle, y volvió a removerlas y a pisarlas. De vez en cuando, interrumpía su tarea y se ponía a roer ruidosamente los barrotes de su jaula con sus largos dientes curvos.

Finalmente, cuando hubo sonado la campana y todos los niños se hubieron ido a almorzar, Ralph, en su necesidad de compañía, no pudo permanecer en silencio por más tiempo.

—¿Qué eres tú? —le preguntó a su vecino—. ¿Eres alguna variedad de la ardilla de tierra?

El animal escupió una bolita verde fuera de la jaula, y después le lanzó a Ralph una fulminante mirada de desdén.

—¡¿De la ardilla de tierra?! —exclamó.

—Bueno... —dijo Ralph, intimidado—. Es que no lo sé. Sólo preguntaba.

—Soy un hamster —declaró el animal—. Un hamster dorado. Soy limpio e inteligente, y no huelo mal.

—Yo no te veo dorado —dijo Ralph—. Te veo blanco y marrón.

Al oír aquello, el hamster le volvió la espalda.

Ralph se entretuvo un momento en mordisquear un grano de trigo, y después se decidió a hablar otra vez.

—Se está bien aquí, ¿no crees? Hay mucha comida y agua, y cosas interesantes que mirar.

El hamster se subió a su noria y se puso a columpiarse, mirando fijamente a Ralph. Al ver que no hablaba, Ralph añadió:

—Y, además, estamos a salvo del gato.

Al parecer, Chum nunca parpadeaba.

—Puede ser —dijo.

A Ralph le temblaron los bigotes. Aquellas dos palabras pronunciadas por el hamster aludían a peligros desconocidos para Ralph. Aquel animal tenía experiencia de la vida. «Bueno, sigue —pensó Ralph con impaciencia—. Cuéntame más.» Pero Chum callaba.

Finalmente, Ralph se vio obligado a decir:

—¿Cómo es que esa niña te ha traído aquí a Vista Alegre?

—Es una historia muy larga —dijo Chum.

—No tengo ninguna prisa —dijo Ralph—. Cuéntamela.

Chum escupió la cáscara de una semilla de girasol al suelo de su jaula, y empezó a contar.

—Yo era uno de trece hermanos, seis niñas y siete niños, que nacimos en el cuarto trasero de una tienda de animales.

—Trece... —dijo Ralph, asombrado—. Nosotros no éramos tantos. Y, ¿cómo era la vida en la tienda de animales?

—Pues tuvimos una infancia feliz, tranquila, en aquella jaula del cuarto trasero —continuó Chum—. Teníamos mucha comida y agua, y virutas de cedro limpias en el suelo de la jaula. Dormíamos todo el día, los trece, amontonados. Era muy calentito y cómodo dormir de aquella manera. Después, cuando fuimos mayores, jugábamos por las noches. Oh, cómo nos divertíamos aquellas noches en la tienda...

Chum se interrumpió, y se quedó como mirando a lo lejos.

—Continúa —le apremió Ralph.

—¿Dónde estaba? —preguntó Chum—. Ah, sí, te decía lo bien que lo pasábamos por las noches. Y entonces... Y entonces...

La emoción le hacía temblar la voz.

Ralph esperó en silencio a que el hamster pudiera continuar.

—Un día —dijo Chum—, yo estaba profundamente dormido en la esquina de la jaula. Para entonces, habíamos crecido mucho, y yo me hallaba en la parte de abajo del montón, pero no me sentía aplastado. Me sentía seguro y cómodo, allí debajo de mis hermanos y hermanas, cuando de pronto...

Se detuvo, incapaz de continuar.

—No te interrumpas ahora —le rogó Ralph—. ¿Qué pasó?

—Una manaza humana, una mano que olía a perro...

Ralph se estremeció.

—... se metió en la jaula y cogió a varios de mis hermanos y hermanas. Aquello nos despertó a todos. Estábamos aterrorizados. Corrimos de aquí para allá, intentando escondernos detrás de nuestra madre, debajo de la noria, entre las virutas, donde fuese. Yo fui más lento que los demás, porque estaba entumecido, pues habían dormido encima de mí mis hermanos y hermanas. Y por esto la mano, aquella mano terrible con olor a perro, me atrapó. Pero daba lo mismo, porque al final la mano nos atrapó a todos los jóvenes, nos cogió por el rabo de la manera más ofensiva, y después nos metió en dos jaulas, los chicos en una y las chicas en otra.

—¿Para qué? —preguntó Ralph.

—Ten paciencia —dijo Chum, mientras cogía una semilla de girasol con las patas delanteras.

Abrió la semilla con los dientes, se comió el interior, y continuó su narración.

—Fue una impresión terrible. Al cabo de un rato, la mano cogió nuestra jaula y la metió en lo que llaman una furgoneta.

—Ah, ya sé —dijo Ralph, deseoso de lucir sus conocimientos—. He visto furgonetas en el aparcamiento del hotel. Siempre venían llenas de niños y de maletas, y a veces llevaban también uno o dos perros.

Sin hacer caso de la interrupción, Chum continuó.

—Pronto vimos que nuestra jaula no era la única que habían cargado en la furgoneta. A nuestras hermanas las colocaron a nuestro lado, y había también un cajón de tortugas, una jaula con unos canarios bastante deprimidos, y dos jaulas grandes, en una de las cuales había cachorros, y en la otra unos gatitos muy tontos. Ah, y una jaula de ratones blancos.

—Ah, los ratones *blancos* —dijo Ralph desdeñosamente—. Cualquiera puede verles en la oscuridad, no sólo las lechuzas.

—Entonces, el hombre de las manos con olor a perro subió a la furgoneta, con su mujer, y nos pusimos en marcha.

—¿Hacia dónde? —preguntó Ralph.

—Hacia la feria del condado —respondió Chum—. Fue un viaje terrible. Los gatitos maullaban, los cachorros lloraban, las tortugas daban vueltas por el cajón, desesperadas...

—¿Qué es una feria? —le interrumpió Ralph.

—Un lugar ruidoso —explicó Chum—, lleno de gente que grita, de niños que chillan y ríen, de máquinas que giran, se mueven y hacen música, y de animales de todas clases que relinchan, mugen y balan. Hacía calor y el aire estaba lleno de polvo. Colocaron nuestras jaulas en un tenderete. Para entonces, los hamsters nos encontrábamos agotados. Hacía varias horas que estábamos a la luz, y que no habíamos pegado ojo.

—Ya me hago cargo —dijo Ralph, que sabía lo que era aquello.

—Pues aquello fue sólo el principio —continuó Chum—. Por delante de nuestras jaulas pasaba una procesión continua de gente, sobre todo niños. Niños mayores y pequeños, casi todos sudorosos, y todos chillaban. «¡Mira, mamá! ¡Mira, papá! ¡Qué hamsters tan monos! ¡Quiero uno! ¡Papá, cómprame un hamster!» Y así toda la mañana. Los padres no eran tan molestos. Decían: «No seas tonto. Tú no puedes tener un hamster. Al último que tuviste no lo cuidaste. Venga, vamos. No tenemos tiempo de mirar los hamsters.» Después, salieron de un autocar un montón de niños, que llevaban todos camisetas blancas con unas letras en el pecho...

—Las camisetas de la colonia —le interrumpió Ralph—. «Colonia Vista Alegre».

—... y se apelotonaron delante del tenderete. No estaban con ellos sus padres, y por esto compraron animales.

—¿Y te compraron a ti? —preguntó Ralph.

—Sí —respondió Chum—. Me compró esa niña desaliñada de las pecas. En resumen, la mano que olía a perro me metió en una cajita de cartón, en la que hacía mucho calor, y que tenía unos agujeritos para que entrase el aire, y, durante el resto del día, me llevaron de aquí para allá, me miraron miles de veces y me dieron trocitos de Cereal Karmel.

—No está tan mal —dijo Ralph.

—Quizá no está mal para un ratón —replicó Chum, con un punto de desdén—. Vinimos aquí en un autocar, y una monitora improvisó una jaula para mí, con un cubo y un trozo de tela metálica encima. Al cabo de unos días, llegó la familia de la niña. Cuando los padres vieron que su hija tenía un hamster, se enfadaron mucho, pero los dos hermanos pequeños armaron un escándalo tan grande a favor mío que me vi metido otra vez en una caja con agujeritos, y, después de otro viaje, de más sobresaltos y traqueteos, llegué a la casa de la familia, donde me pusieron en esta jaula, en la que he vivido desde entonces. Cada vez que vienen a jugar los horribles amiguitos de los niños, me molestan con lápices. Como comida preparada para hamsters, llena de asquerosas bolitas de alfalfa que yo tiro fuera de la jaula. Se diría que habrían tenido que entenderlo al cabo de algún tiempo, pero no, me siguen dando comida mezclada con bolitas de alfalfa. Lo peor de mi vida es que nunca puedo dormir un día entero. Siempre viene alguien a mover la jaula para quitar el polvo, a rascar algo contra los barrotes, a pasar el aspirador, a practicar el violín. No es una vida regalada, te lo aseguro.

—Pero, ¿cómo es que has vuelto a la colonia? —quiso saber Ralph.

—El año pasado, cuando Lana estaba preparando su bolsa para venir aquí, su madre le dijo que, ya que los directores de la colonia le habían permitido comprarme, podían cuidarme durante quince días. Dijo que estaba cansada de recordarle a Lana que me diese de comer y me limpiase la jaula, y que *ella* también quería unas vacaciones. Y este año ha dicho lo mismo. Así que aquí estoy por tercera vez. Pero bueno, al menos es un cambio. Y aquí nadie pasa el aspirador ni toca el violín cerca de mi jaula.

Ralph permaneció en silencio. Chum le había sugerido muchas cosas en las que pensar. Como Chum, estaba columpiándose en su noria, columpiándose y pensando. Y entonces algo le llamó la atención.

Era la rayada pata de Catso, que entraba por el agujero de la tela metálica de la puerta. Ralph le observó fascinado, asustado. La tela metálica se movía, porque Catso empujaba con el hombro y tanteaba con la pata el interior de la puerta. La tela metálica, que estaba

oxidada, cedió, y la temible pata, con sus garras descubiertas, la atravesó completamente.

«¿Dónde está Sam? —pensó Ralph, aterrorizado—. ¿Por qué no está vigilando, como es su obligación?» Catso retiró la pata, e intentó meter la cabeza por el agujero. Sus malvados ojos verdes escudriñaron el taller. Ralph se enroscó hasta formar una bolita, en el rincón más apartado de su jaula, hasta que oyó un breve ladrido de Sam, e hizo acopio de valor para mirar en torno de él. Catso se había ido, pero el agujero de la tela metálica seguía en su lugar.

5

RATÓN PARTICULAR

LA vida de Ralph en la jaula ya no fue la misma desde la llegada del hamster. Chum era quisquilloso respecto a la comida, y exigente respecto al arreglo de su vivienda. Una esquina de la jaula era su cuarto de baño; otra, su dormitorio; y una tercera, la despensa para la comida que le gustaba. Se pasaba la vida moviendo y pisando sus virutas de cedro. Su noria rechinaba y crujía cada vez que subía a ella, lo cual solía ocurrir cuando Ralph intentaba echar una siesta. Y tenía una costumbre especialmente molesta: la de roer ruidosamente los barrotes de su jaula.

—¿Por qué haces eso? —le preguntó Ralph—. No se puede roer el metal.

—No quiero roer el metal —dijo Chum—. Me estoy limando los dientes.

Ralph se quedó atónito.

—¿No quieres tener dientes? —le preguntó, pensando en lo importante que eran para él sus afilados dientes.

—Es que, si no roo algo duro, me crecerán tanto que no podré comer —explicó Chum, impaciente—. Y tengo que roer los barrotes porque Lana es tan tonta que no se le ha ocurrido darme una cosa dura que roer.

—Ah —dijo Ralph, contento de que sus propios dientes no creciesen constantemente.

Chum tenía otra costumbre que le molestaba a Ralph. Intentaba morder a Lana cada vez que ésta quería cogerle en sus manos.

—Esto no está bien —le dijo Ralph un día, después de ver que Lana se apresuraba a retirar la mano de la jaula de Chum—. Esto es morder la mano que te alimenta.

—Yo tengo ciertos derechos —explicó Chum—. Si permito que me coja, no viviré tranquilo nunca más. Créeme, no hablo por hablar. Una vez cometí el error de dejarla que me cogiese, y, cuando intentó ponerme el jersey de una muñeca, me di cuenta de que con una vez era suficiente.

Chum se pasaba largos ratos columpiándose suavemente en su noria y mirando al vacío con sus ojos que no parpadeaban.

—¿Por qué te quedas así sentado sin hacer nada? —le preguntó Ralph, a quien le gustaba hacer cosas cuando estaba despierto.

—Pienso —le respondió Chum.

—Y, ¿en qué piensas? —quiso saber Ralph.

—Soy un filósofo —dijo Chum—. Pienso en la vida.

—¿En la vida? —preguntó Ralph, desconcertado—. ¿Qué quieres decir?

Chum se puso a mirar fijamente al vacío, tanto rato

que Ralph pensó que no iba a contestarle. Por fin, el hamster dijo:

—Tú, por ejemplo. ¿Adónde te imaginas que vas cuando corres en esa noria?

—A ninguna parte, claro —admitió Ralph—. Nunca había pensado en eso.

—¿Entiendes lo que quiero decir? —preguntó Chum—. Corres y corres, y sigues estando en la misma jaula.

De repente, Ralph se sintió culpable, como si hubiese hecho algo malo, pero no estaba seguro de lo que era.

—Pero a mí me gusta correr en la noria —dijo, pensando que aquella respuesta era bastante pobre.

Chum no se molestó en contestar. Siguió sentado, columpiándose, mirando al vacío, pensando.

Ralph saltó a su noria y echó a correr. Sus patitas volaban por encima de los travesaños, haciendo que la noria rodase más y más aprisa, hasta hacerle dar la vuelta completa. Siguió corriendo hasta que empezó a cansarse. Corrió más despacio, hasta que la noria se detuvo. Después se sentó él también mirando fijamente al vacío, inmóvil. ¿Adónde iba? No iba a ninguna parte. A ninguna parte. Con tanta gente dándole de comer, ni siquiera estaba seguro de quién era su propietario. Quizá, cuando acabase el verano, cuando la colonia cerrase, le abandonarían a la merced de Catso y de todos aquellos gatitos. «Dichoso Chum y sus ideas sobre la vida —pensó, malhumorado—. ¡Qué aguafiestas!»

Chum tenía aún otra costumbre que no le gustaba a Ralph. Cuando su dueña se acercaba a él llevando una bolsa de semillas de girasol, se transformaba repentinamente de un cascarrabias en un animalito juguetón. Se encaramaba a lo alto de la jaula, tomaba las semillas de girasol una a una, y se las iba guardando en los abazones, las bolsas que tenía a los dos lados de la cara.

El darle semillas de girasol a Chum se convirtió en un acontecimiento diario en el taller de artesanía. Los niños y niñas mayores, y algunos monitores, se reunían en torno de Lana para ver cómo alimentaba a Chum, y, a medida que le iba dando las semillas, contaban.

—Catorce... quince...

Ralph veía cómo las mejillas de Chum se iban hinchando.

—Veintidós... veintitrés...

La cara de Chum seguía ensanchándose. «Qué ganas de exhibirse», pensaba Ralph.

Un día, mientras Chum iba por las semillas veintisiete y veintiocho, Ralph pensaba que no podría llegar a las treinta.

—Veintinueve... treinta... —contaron los niños.

A Chum le costaba tantísimo sostenerse en lo alto de la jaula que Ralph apenas podía aguantar mirarle.

—Treinta y tres...

Las patas de Chum resbalaban ya.

—Treinta y cuatro...

Incapaz de sostenerse por más tiempo, Chum cayó al suelo de la jaula con un ruido que hizo estremecerse a Ralph.

—¡Treinta y cuatro! —gritó Lana, que se sentía halagada por la atención que había recibido su hamster de chicos y chicas mayores—. ¡Es su récord!

—A lo mejor mañana llega a las treinta y cinco —dijo alguien, mientras el grupo se disolvía y se iba cada uno a la clase de equitación o a su trabajo artesanal.

Chum se puso en pie tambaleándose, y se dirigió a

la esquina que le servía de despensa. Allí, colocándose las patas delanteras detrás de las mejillas, empujó las semillas fuera de la boca, hasta tenerlas en un montón a sus pies.

A Ralph no le parecía bien todo aquello.

—Esto parece un número de circo —comentó—. ¿No te haces daño cuando te caes al suelo de la jaula?

—Claro que me hago daño —respondió Chum, mientras se sacaba de la boca la última semilla—. Pero vale la pena.

—¿Sólo par exhibirte? —preguntó Ralph.

—No, tonto —respondió Chum—. Por las semillas de girasol. Estas semillas no tengo que separarlas de un montón de bolas de alfalfa. Yo hago un numerito, y Lana me paga en semillas de girasol. Por esto lo hago.

—Sí, pero te haces daño —dijo Ralph.

—Odio la alfalfa —respondió brevemente Chum.

A Ralph le llegó el turno de comer cuando hubieron almorzado los niños, mientras todos estaban en el comedor cantando una canción que evidentemente les gustaba, pero que a Ralph le parecía desagradable.

La cabra de Bill Grogan estaba contenta,
se comió tres camisas de la cuerda.

Silenciosamente, Garf abrió la puerta del taller, y Ralph saltó de su noria.

Con gestos rápidos, el muchacho abrió la puerta de la jaula y le tendió a Ralph con dos dedos una semilla de girasol. Esta vez no cantaba, pero Ralph aún no se fiaba de él.

—Vamos, pequeño... —le dijo amablemente Garf.

Pero el ratón se retiró a una esquina de la jaula, detrás de su noria.

—Quizá otro día —murmuró Garf, y se apresuró a limpiar la jaula y a llenar el bebedero con agua fresca, mientras los demás seguían cantando:

Sonaba el silbato
se acercaba el tren.
La cabra de Bill Grogan
estaba para morir.
Dio tres gemidos
de terrible dolor.
Echó fuera las camisas
e hizo parar el tren.

Cuando hubo terminado la canción, Garf había acabado de arreglar la jaula de Ralph, y había salido disimuladamente del taller, cuidando de que la puerta no hiciese ruido. Ralph se quedó de pie, apoyado en los barrotes con las patas delanteras, deseando que Garf fuese un tipo de muchacho diferente.

Al cabo de un momento, se abrió la puerta otra vez y entró en el taller la tía Jill, que traía con ella a Garf apoyándole el brazo en los hombros.

—Siéntate, Garf —le dijo.

El chico la obedeció, de mala gana, y ella se sentó también en un banco, junto a una de las mesas.

—¿Qué problema tienes, Garf? —le preguntó bondadosamente.

«¿Qué querrá decir?», se preguntó Ralph.

Garf miraba al suelo sin responder.

—Ya sabes que has quebrantado una norma de la colonia —dijo la tía Jill—. No podéis entrar sin permiso en el taller de artesanía, si no estoy yo o alguno de los monitores.

«Así que por esto Garf viene siempre a hurtadillas —pensó Ralph—. Es porque viene sin permiso. No sólo le gustan las canciones sanguinarias, sino que quebranta las normas.»

Garf seguía mirando fijamente al suelo.

—¿Podemos hacer algo para ayudarte? —insistió la directora.

—No —respondió bruscamente Garf—. Porque voy a escaparme de aquí, y nadie me detendrá.

La tía Jill pareció tomarse con calma aquellas palabras, pero, por alguna razón, a Ralph no le ocurrió lo mismo. Sintió una punzada de emoción. «¡No lo hagas, chico! —habría querido decirle—. ¡No te servirá de nada!» Al mismo tiempo se dio cuenta de que a un chico que quería escaparse tenían que gustarle forzosamente las motos. Quizá no había comprendido a Garf. Quizá al niño le gustaba la velocidad; quizá sabía cómo hacer funcionar una moto en miniatura.

—¿Quieres ir a algún lugar determinado? —preguntó la tía Jill.

—No —respondió Garf—. Sólo quiero irme de aquí.

La tía Jill miró pensativa por la ventana posterior del taller, hacia el establo y el picadero, y después se volvió hacia Ralph y le preguntó:

—¿Qué es lo que quieres hacer? ¿Qué te gustaría hacer *de verdad*?

Ralph se aferró a los barrotes de su jaula y esperó la respuesta del muchacho. En aquel momento, apareció la pata de Catso por el agujero de la puerta, pero los humanos no se dieron cuenta. Ralph vigilaba y escuchaba al mismo tiempo.

El agujero de la tela metálica se había ensanchado un centímetro más.

Garf cogió una cinta de plástico de las que servían para hacer cuerdas y se la enrolló en los dedos.

—Una cosa puedo decirte —dijo por fin el niño—. ¡Estoy hasta la coronilla de estas cuerdas! He trenzado cuerdas en los Exploradores, en la Asociación de Jóvenes Cristianos, en el parque los veranos y en el recreo de la escuela. ¡Estoy harto de cuerdas!

Después de aquel estallido, se quedó inmóvil mirando al suelo, y, al ver que la tía Jill seguía sin decir palabra, siguió hablando:

—Y quiero que todos dejen de darle de comer a mi ratón. Le cogí yo, y es mío.

«Esto es bueno —pensó Ralph—, porque, si se marcha de aquí, podría llevarme con él, y entonces tal vez pudiera escaparme y encontrar otra vez la moto.»

—Me parece que esto podemos arreglarlo —dijo la tía Jill—. Ya me has dicho lo que no quieres hacer y lo que no quieres que hagan los demás. Ahora, dime lo que quieres hacer tú.

Por el silencio de Garf, Ralph vio que aquélla era una pregunta difícil. La tía Jill parecía tener mucho tiempo para esperar la respuesta. Afuera, delante del taller, unos niños recogían cáscaras de bambú para hacerlas flotar en la acequia. Ralph miró para ver si podían descubrir su casco y su moto, pero vio que no llegaban hasta donde estaba el vehículo.

—Bueno, pues... —empezó a decir Garf, y se interrumpió.

La tía Jill esperaba. Y lo mismo hacía Ralph, que se daba cuenta de que Chum escuchaba también. Garf parecía incómodo. La tía Jill seguía esperando. «Vamos, di algo», pensó Ralph.

Cuando Garf habló, ya no parecía enfadado.

—Pues... pues lo único que quiero es estar solo alguna vez —dijo.

—Quieres estar solo —repitió la tía Jill.

—Sí —dijo Garf—. En casa, tengo que compartir el dormitorio con mi hermano mayor, que tiene la litera de arriba, y que deja sus pesas tiradas por el suelo. Y, cada vez que voy al cuarto y cierro la puerta, entra él y se pone a escuchar esos discos que no me gustan. Y, después de la escuela, y los sábados, tengo que ir siempre con los Exploradores, o al gimnasio, o a los juegos dirigidos de la escuela. Mis padres dicen que a los niños de ciudad hay que buscarles actividades. Y por esto me enviaron aquí.

—Te enviaron a la colonia —dijo la tía Jill, animándole a continuar—. Y vienes al taller de artesanía para estar solo.

—Sí —dijo Garf—. No me gusta quedarme después de las comidas con un montón de críos que cantan *Tú eres mi sol.*

«Pero vienes aquí y cantas una canción de un conejo que les da en la cabeza a los ratones», pensó Ralph.

—No me gusta cantar con otra gente —explicó Garf—, porque no sé seguir una melodía. Sé que canto de una manera rara, y no me gusta que los demás se me queden mirando.

—Aquí a nadie le preocupa que sepas seguir o no una melodía —dijo la tía Jill—. Pero, si no quieres cantar, no tienes por qué hacerlo. Y todos necesitamos estar solos algunas veces.

Por primera vez, Garf la miró a la cara.

—Y se me ocurre una cosa que podría interesarte —continuó la tía Jill—. ¿Ves esos bambúes de ahí fuera? Cada vez que tengas ganas de estar solo, puedes ir a sentarte detrás de los bambúes, tanto rato como te apetezca.

Garf la miró como deseando creerla.

—Garf, recuerda que es posible estar solo contigo mismo incluso cuando estás entre otras personas —añadió la tía Jill.

Se puso en pie, y fue a uno de los estantes a buscar un rotulador y un rectángulo de cartón.

—Y ahora, lo de tu ratón —dijo—. Coges este cartón y haces un letrero que diga que el ratón es tuyo y que nadie más que tú tiene derecho a darle de comer. Yo lo firmaré para hacerlo oficial, y lo clavaremos encima de la jaula.

Garf no respondió, pero tomó el cartón y el rotulador y se sentó ante una de las mesas, dispuesto a trabajar en el letrero. Encontró una regla, y trazó en el cartón unas líneas rectas para alinear las letras. Trabajó un buen rato, sin hacer caso de los demás niños y niñas que iban y venían a su alrededor trenzando cuerdas, haciendo mosaicos y guardando los insectos que coleccionaban. Algunos se pararon a ver lo que escribía, pero no le molestaron.

Ralph le observaba en silencio mientras el letrero progresaba. De vez en cuando, Garf hacía una pausa en su trabajo para recordar alguna regla de ortografía, y después volvía al trabajo. Dibujaba algunas letras más, miraba otra vez al techo, murmuraba algo entre dientes, y seguía un poco más. Cuando ya casi había terminado, tomó el letrero en la mano, lo leyó y añadió algo más. Cuando por fin dejó el rotulador y se puso en pie, la tía Jill vino a ver su obra.

¡Privado! ¡Alto!
Este ratón es propiedad particular
de Garfield R. Jernigan
Terminantemente prohibido darle de comer
FIRMADO.................

La tía Jill firmó con su nombre en la línea de puntos.

—¡Ya está! —dijo—. Ahora es un letrero oficial de la Colonia Vista Alegre.

Fue a buscar dos chinchetas, y Garf clavó el cartel encima de la jaula de Ralph.

Por primera vez, Ralph vio sonreír a Garf, y, cuando el chico salió del taller de artesanía, no fue a sentarse detrás de los bambúes, como Ralph esperaba. Se detuvo a mirar a unos niños y niñas que saltaban en el trampolín, bajo la dirección de un monitor.

Momentáneamente satisfecho, Ralph se hizo una bolita en la esquina de su jaula para echar una buena siesta. Ahora, no era un ratón cualquiera. Era el ratón particular de Garfield R. Jernigan, un niño que quería escaparse, y, la próxima vez que estuviese solo con él, sería valiente y le hablaría, sin importarle la canción horrible que estuviese cantando.

6

UN LADRÓN EN EL TALLER DE ARTESANÍA

AL principio, el letrero de la jaula de Ralph fue motivo de descontento.

—Pero, tía Jill, ¿cómo es que Garf es el único que puede darle de comer al ratón? —preguntaban los niños y niñas.

—Yo también quiero darle de comer...

—¿Por qué no puedo darle de comer?

—No hay derecho. Nadie más tiene un ratón.

La tía Jill daba siempre la misma respuesta.

—Garf tiene derecho a dar de comer al ratón porque el ratón es suyo. Lo cogió con un cazamariposas.

Esta situación les dio a algunos niños la idea de emprender la caza del ratón —caza mayor, la llamaron— con cazamariposas, pero, como no lograron atrapar ninguno, fueron perdiendo el entusiasmo y abandonaron la empresa.

Siempre que podía, Catso seguía a alguien y entraba en el taller de artesanía, y, cada vez que pasaba esto, la tía Jill decía:

—A ver si alguien saca de aquí a este gato.

Generalmente, era Lana la que cogía a Catso; le tomaba en brazos apoyándole la cabeza en su hombro, como si fuese un bebé.

—Pobrecito —le decía cariñosamente, dándole palmaditas en el lomo como si estuviese ayudando a un bebé a eructar, y a Ralph le fastidiaba la expresión de complacencia que aparecía en la cara del gato.

Garf estaba contento, pero Ralph no. El chico no mostraba ya deseos de marcharse de la colonia, y, ahora que obedecía las normas, nunca estaba solo con su ratón. Los barrotes de la jaula de Ralph encerraban un espacio muy pequeño, y, por de prisa que corriese en la noria, permanecía siempre en el mismo sitio. Empezó a sentarse inmóvil durante largos ratos, pensando cada vez más a menudo en la libertad de que había disfrutado en el Hostal de la Montaña. Echaba de menos aquellos largos pasillos y sus emocionantes expediciones en busca de comida. La actividad de recoger migas, que antes había desdeñado, le parecía ahora una prueba de valor. Hasta llegó a reconocer que echaba en falta a sus hermanitos, hermanitas y primos. Eran unos pesados, pero eran más animados que un hamster gruñón. Quizá no sería tan horrible darles cortos paseos en la moto a algunos de los pequeños, a los chicos, desde luego, no a las chicas.

Lo que más echaba de menos era la moto. Se agarraba a los barrotes de la jaula y, recordando las noches que había pasado corriendo por los pasillos del viejo hotel, mientras los huéspedes roncaban tras las puertas cerradas, se imaginaba que aquellos barrotes

eran su manillar. *¡Pb-pb-b-b-b! ¡Pb-pb-b-b-b!* Pero era inútil. Los barrotes seguían siendo lo que eran: los barrotes de una pequeña cárcel, más alta y menos larga que una caja grande de Kleenex.

Ralph estaba cada día más abatido. Tan grande era su nostalgia que las golosinas que le traía Garf del comedor le tentaban cada vez menos. A veces se saltaba una comida, y prefería acurrucarse en un rincón de la jaula, debajo de unos retazos de papel, y dormitar, soñando con noches oscuras, suelos lisos, y velocidad.

—Anímate —le decía Chum—. Ya te acostumbrarás a vivir en una jaula.

Ralph no contestaba. Quería estar solo con sus pensamientos.

Garf, en cambio, ya no quería estar solo. Venía al taller para atender a Ralph mientras estaban allí otros niños, y pronto se interesó por las cosas que había en el taller. Finalmente, se puso a trabajar con algunos otros chicos en la construcción de barcos de madera, que después hacían navegar en la acequia.

Una larga mañana, Ralph se entretuvo observando a una niña llamada Karen. Karen era una de las mayores de la colonia, una niña de doce o trece años, de cabello largo y rubio, que aquella mañana estaba húmedo. Todas las chicas mayores se lavaban el pelo varias veces por semana. Karen estaba convirtiendo una botella usada de lejía en una hucha con forma de cerdito. La colocó de lado para que el asa quedase arriba, le pegó cuatro tapones imitando las patas, cortó una hendidura debajo del asa, y pintó unos ojos por encima del gollete, que era ahora el hocico del cerdito. Ralph se fijó en que Karen se interrumpía de cuando en cuando para rascarse el brazo izquierdo.

Finalmente, Karen dejó el pincel sobre la boca del bote de pintura, se quitó el reloj y lo dejó junto a la jaula de Ralph, en el estante. Ralph podía oír el tic tac. La niña se rascó el brazo, allí donde había llevado el reloj, volvió a su pintura y después se interrumpió para rascarse otra vez.

—Karen, déjame ver ese brazo —dijo la tía Jill, que estaba enseñándole a un chico cómo coser un billetero—. Huy, me parece que tienes irritación por zumaque venenoso. Ve a ver a la enfermera. Y no te rasques más.

—Pero tía Jill, rascarme me alivia *tanto*... —dijo Karen, echándose atrás el pelo.

—Sí, pero, si te rascas, la irritación se extenderá y se hará más grave. Ve a ver a la enfermera. Yo te limpiaré el pincel. Casi es la hora de almorzar.

Cuando sonó la campana anunciando el almuerzo, y el taller quedó vacío, Ralph sintió que se le erizaba el pelo del lomo. Y efectivamente, tal como esperaba, allí estaba la inquieta pata de Catso tanteando el agujero de la tela metálica. Después apareció la rosada nariz. Catso debía de empujar con fuerza, porque la tela metálica cedió, y apareció el resto de su cabeza. A Catso no le bastó con aquello. Siguió empujando y meneándose hasta introducir en el agujero un hombro, y después el otro. Después entraron las patas delanteras del animal, y después todo él. ¡Catso estaba en el taller! Y, ¿dónde estaba Sam? Ralph corrió al rincón más apartado de su jaula, donde le volvió la espalda al mundo e intentó hacerse invisible. Oyó que Catso saltaba ágilmente a la mesa que había cerca de la jaula, y Ralph sabía que aquella vez nadie vendría a echarle.

Ralph esperó, pero, al ver que nada ocurría, reunió el valor suficiente para asomar la nariz por encima del hombro. Catso estaba lavándose tranquilamente, y daba la impresión de no fijarse en Ralph. Pero el ratón no se dejó engañar ni por un instante. Sabía que Catso captaba cada movimiento que él hacía. «Dichoso gato», pensó amargamente, mientras los latidos de su corazón se hacían más rápidos que el tic-tac del reloj cercano.

Catso se lamía ahora la pata derecha una y otra vez, con gran cuidado, y después empezó a limpiarse la oreja derecha. «Sí, hombre, sí —pensó Ralph—. No tengas prisa.» La espera de aquel ataque que no venía empezaba a agotarle. «Es una verdadera guerra de nervios —pensó—, lo que a él le gusta. Estoy completamente indefenso, y él lo sabe.»

Catso se limpiaba la pata izquierda, alisándose el

pelo pulcramente hacia abajo. Con los dientes, se arrancó trocitos de barro seco de entre los dedos, y después empezó a rascarse la oreja izquierda. «Date prisa —pensó Ralph—. Acaba de una vez. No hace falta que te limpies tanto.» Lo mismo le daba morir a manos de un gato con las orejas limpias que con las orejas sucias.

Catso acabó de lavarse, miró a Ralph, y después apartó la mirada. Ralph, que ya estaba familiarizado con aquella maniobra, pensó: «¡Ya está!» Pero esta vez se equivocaba. A Catso le había llamado la atención la correa de cuero del reloj de Karen, que colgaba del borde del estante. Lleno de curiosidad, le dio un golpecito con la pata, y miró cómo se movía atrás y adelante. A Ralph se le heló la sangre cuando vio asomar las garras de la pata levantada que movía otra vez la correa. Después, aquellas uñas agarraron la correa y llevaron el reloj a la mesa. «¡Oh, ese gato estúpido se cree de veras que la correa del reloj es un rabo!», pensó Ralph, asombrado.

Catso estaba sentado muy quieto, escuchando el tictac del reloj. Lo golpeó suavemente con la pata, para ver lo que ocurría, pero el reloj se quedó tan quieto como cualquier ratón aterrorizado. Mientras Ralph observaba la escena, fascinado, Catso tomó el reloj en la boca y, dejando colgar la correa como si fuese un rabo, saltó de la mesa al suelo. Allí soltó otra vez el reloj, lo golpeó delicadamente, volvió a cogerlo, y se marchó por el agujero de la puerta.

Ralph se aventuró a salir de su rincón, y, con las manos temblorosas, se aferró a los barrotes de la jaula para ver lo que ocurriría a continuación. Catso estuvo un rato jugando con el reloj entre los bambúes, pero, cuando vio que la cocinera abría la puerta de la cocina con una cazuela de sobras en la mano, el goloso animal dejó caer el reloj y corrió a comer. El reloj cayó sobre una suave cáscara de bambú y quedó escondido bajo unas hojas.

—Ha faltado poco... —dijo Chum.

—Estúpido gato... —dijo Ralph, con voz débil.

Ralph estaba aturdido por lo que había pasado, pero se dio cuenta de que Garf abandonaba el comedor cuando los niños empezaban a cantar una de sus canciones favoritas:

A volar, aviadores,
a volar y a hacer el rizo.
A volar, aviadores,
a volar bien arriba.

«Ven aquí», le suplicó Ralph en silencio. Pero el muchacho, fiel a la promesa que le había hecho a la tía Jill, no entró en el taller, sino que fue a sentarse solo con sus pensamientos. Se puso a columpiarse perezosamente en un neumático que colgaba de un árbol, cantando según su melodía particular:

Cuando llamen a la puerta
y veas la insignia,
sabrás que han vuelto a casa
los aviadores.
¡LOS AVIADO-O-RES!

Al poco rato, Karen, con el brazo izquierdo cubierto de una loción blanca, entró corriendo en el taller, acompañada de dos amigas.

—¡Mi reloj! —gritó, tan fuerte que Ralph corrió a un rincón de la jaula, asustado—. ¡No está aquí!

—Lo habrá cogido alguien —dijo una de las amigas, una chica mayor que llevaba unas relucientes botas de montar inglesas.

—No me extrañaría que hubiese sido ese Garf Jernigan —dijo la otra amiga.

—A mí tampoco me extrañaría —dijo la chica de las botas de montar—. Le he visto salir del comedor antes que los demás.

Se frotó la punta de la bota para quitarle un poco de polvo. Las chicas que poseían botas de montar inglesas estaban orgullosas de ellas y las abrillantaban a menudo.

—No podemos *asegurar* que haya sido Garf —dijo Karen, queriendo ser justa—. No le hemos *visto* entrar aquí.

Las tres chicas salieron corriendo del taller, para ir a buscar a la tía Jill, que se había detenido, en su camino hacia el taller, para hablar con unos niños.

—¡Tía Jill! ¡Tía Jill! —gritaron—. ¡A Karen le ha desaparecido el reloj!

—¡Tía Jill, tenemos un misterio! —exclamó Lana.

Lana había seguido a las otras dos chicas con sus

sucias botas de vaquero. Le gustaba llevar las botas sucias, pues ello mostraba que no era una novata en la colonia.

Todo el mundo quería saber qué había pasado con el reloj de Karen. Niños y niñas se apelotonaron alrededor de la tía Jill y de las tres niñas. Por la ventana abierta, Ralph pudo oír fragmentos de conversación.

—Tía Jill, estoy *segura* de que lo he dejado en el estante, al lado de la jaula del ratón. ¡Estoy segurísima!

—Y he visto a Garf...

—...y me lo regalaron para mi cumpleaños...

—...registrar los pabellones...

—Sale del comedor sin que le vean...

—...sin pedir permiso para levantarse de la mesa...

—Vamos, chicas... —dijo la tía Jill.

—Es igual, es igual. Se comporta de una manera extraña...

«Ahora sí que la ha hecho buena ese gato», pensó Ralph, mientras todos los niños iban a sentarse en los bancos y en los viejos pupitres escolares que había bajo los nogales. Un monitor dirigió varias canciones, y después subió a la tarima la tía Jill.

—Muchachos, hoy tengo que daros una mala noticia —empezó a decir—. Ha desaparecido del taller de artesanía el reloj de Karen. Ella está segura de haberlo dejado allí, en un estante. No era un reloj valioso, pero era un regalo de cumpleaños, y a ella le gustaría mucho recuperarlo —en este punto, Karen asintió vigorosamente con la cabeza—. No vamos a registrar los pabellones, como ha dicho alguien. Dejaremos que la persona que ha cogido el reloj lo devuelva, porque esto es lo correcto.

«Como que Catso se preocupa mucho de hacer lo

que es correcto», pensó Ralph. Y oyó que Garf, que estaba sentado en el último banco, le decía, enfadado, al chico que tenía delante:

—¿Por qué me miras así?

La tía Jill continuó.

—Nadie tiene por qué saber quién ha cogido el reloj. La persona que sea puede dejarlo en el taller de artesanía, en el estante, cuando no le vea nadie. O en la mesa de mi despacho. No nos interesa saber quién es; lo que queremos es que le devuelva el reloj a Karen, porque esto es *lo correcto.*

Cuando la tía Jill hubo acabado de hablar, los niños se pusieron a cantar *Tú eres mi sol.* Garf se alejó de sus compañeros, y, tal como le había sugerido la tía Jill, fue a sentarse solo entre los bambúes. Era la primera vez que Ralph le veía ir allí.

—«Tú me haces feliz...» —cantaban los niños.

«A Garf no le han hecho feliz», pensó Ralph, deseando que Garf hubiese ido a sentarse al otro lado de los bambúes, cerca de la puerta del taller, donde habría podido encontrar el reloj.

—Vaya problema tiene ese chico... —comentó Chum.

Ralph se volvió hacia él, sorprendido.

—Pensaba que estabas durmiendo debajo de tus virutas —le dijo.

—Esto es lo que hago creer *a la gente* —dijo Chum—. Pero me he enterado de todo.

—¿Qué opinas de ese asunto? —le preguntó Ralph, que sabía las palabras adecuadas para una situación como aquélla, por los muchos programas de televisión que había visto en el vestíbulo del Hostal de la Montaña.

—Creo que ese chico está en un apuro —respondió Chum—. Todos saben que antes venía aquí al taller cuando no había nadie, y saben que es el primero que sale del comedor. Y, naturalmente, piensan que ha cogido él el reloj. Y está claro que no puede devolverlo, porque no sabe dónde está, y todos pensarán que no quiere.

—Esto es lo que yo opino también —dijo Ralph.

—Y te digo una cosa —continuó Chum—. No se acercará por aquí hasta que aparezca el reloj.

—Y, ¿qué haré yo? —chilló Ralph, consternado, pensando en el letrero que tenía encima de la jaula—. Nadie más me dará de comer. ¡Me moriré de hambre!

—Ya intentaré tirarte una bolita de alfalfa de vez en cuando —dijo Chum, generoso—. No tengo muy buena puntería, pero supongo que podré enviarte una de cuando en cuando, para que vayas tirando.

«Ir tirando —pensó Ralph—, ¿hasta cuándo?» ¿Qué sería de él cuando acabase el verano y todos los niños volviesen a sus casas? ¿Se lo llevaría Garf con él o le olvidarían todos y le dejarían abandonado, hasta que muriese de hambre? Ralph no quería pasar el resto de su vida en una jaula, y tampoco quería de ninguna manera vivir de unas pocas bolitas de alfalfa desechadas por otro, para acabar muriendo al final del verano. Sólo había una solución. Tenía que escapar.

Los niños y niñas acabaron de cantar *Tú eres mi sol*, en un coro lleno de entusiasmo, y a continuación el fino oído de Ralph percibió un sonido que le hizo ponerse en pie de un salto. *¡Pb-b-b-b! ¡Pb-b-b-b!* ¡Era el sonido que hace un niño para hacer andar una moto de juguete! Era emitido suavemente, como por un muchacho absorto en sus pensamientos. ¡Garf había encontrado la moto!

—¡Eh! —chilló Ralph, tan fuerte como pudo—. ¡Esa moto es mía!

Garf dejó de empujar la moto por entre las hojas de bambú, y Ralph creyó que podía haberle oído. Pero después, para desengaño de Ralph, se guardó la moto en el bolsillo de los tejanos y echó a andar hacia su pabellón, para hacer la siesta, como era obligatorio para todos los niños y niñas de la colonia.

Ralph estaba tan excitado que se apartó de los barrotes de la jaula y fue a echar una carrera en la noria. ¡Garf hablaba su idioma! Sabía cómo hacer marchar la moto. Había una esperanza. Lo que tenía que hacer era explicarle a Garf...

A medida que Ralph iba pensando en el asunto, su noria se fue moviendo cada vez más despacio, hasta detenerse, y Ralph se sentó sobre sus cuartos traseros. El plan no daría resultado. Mientras no se demostrase que Garf era inocente del robo del reloj, el muchacho no se arriesgaría a entrar en el taller. Ralph hubo de convenir en que Chum tenía razón.

7

LA HUIDA

RALPH estaba desesperado por escapar. Se le estaban acabando las reservas de comida, y, tal como había predicho Chum, Garf no se acercaba al taller de artesanía. Recorrió los lados de su jaula buscando una posible abertura, un espacio por el que pudiese escurrirse un ratón. No había ninguno, como él sabía ya perfectamente. Empujó la puerta con todas sus fuerzas, pero no pudo hacerla ceder. Corrió en la noria, con la esperanza de que, sólo por una vez, aquella carrera le llevase a alguna parte, pero, naturalmente, esto no ocurrió. Ralph necesitaba ayuda.

—Oye, Chum —le dijo al hamster, que estaba desgastándose ruidosamente los dientes en los barrotes de su jaula—. Tú tienes un cuerpo muy elástico. Mira a ver si puedes estirarte hasta aquí y abrirme la puerta.

Por una vez, Chum se mostró complaciente. Apoyó el hombro contra los barrotes, y extendió la pata delantera tanto como pudo. Pero apenas consiguió rozar con una uña un alambre del lado de la jaula de Ralph.

—Tiene que haber alguna manera de salir de aquí —dijo Ralph—. Tenemos que encontrarla.

—A mí no me interesa salir de aquí —dijo Chum—. No lo haría aunque pudiese. He vivido en una jaula toda la vida, y soy demasiado mayor para aprender a buscar comida por ahí. Además, me lo paso bastante bien mordiendo las manos que me alimentan.

—Pues yo prefiero buscar comida por ahí a morirme de hambre —dijo Ralph.

Aún le quedaba algo de comida, pero se puso a revolver algunas cáscaras viejas de semilla de girasol, para asegurarse de no haber pasado por alto ningún pedacito comestible.

En el comedor, los niños, ignorantes de que un ratoncito iba a morir de hambre, cantaban con entusiasmo:

Venían las hormigas marchando de dos en dos.
¡Hurra! ¡Hurra!
Venían las hormigas marchando de dos en dos.
¡Hurra! ¡Hurra!
Venían las hormigas marchando de dos en dos,
y la más pequeña para atarse el zapato se paró.

A medida que iban disminuyendo sus reservas de comida, Ralph se sentía atemorizado y culpable. Su madre le había enseñado a almacenar comida. Le resultaba difícil de soportar la visión de los mosaicos que hacían los niños en el taller con judías y guisantes secos. Le parecía que ya no le importaría comerse unos granos de aquéllos, aunque tuviesen un poco de pegamento seco. Cuando Chum conseguía tirarle una bolita de alfalfa, se sentía humilde y agradecido.

Fuera de la jaula, los niños y niñas seguían con sus actividades, sin darse cuenta de que en el taller de artesanía el ratón estaba desesperado. Lana mecía a Catso en sus brazos cada vez que podía cogerle, y a Ralph le resultaba insoportable la expresión satisfecha de la cara del gato en aquellas ocasiones. Karen volvió a la tarea de pintar su hucha. Todos los que pasaban junto a su mesa le preguntaban si le habían devuelto el reloj, y ella, sin levantar la mirada de su trabajo, negaba con la cabeza.

De cuando en cuando, los oídos de Ralph captaban el conocido *¡Pb-b-b-b! ¡Pb-b-b-b!*, y miraba por la ventana para ver cómo Garf empujaba su moto por encima de un banco o por el borde de la mesa de ping-pong, como perdido en un sueño de velocidad y peligro. La visión de su preciosa moto le hacía ansiar aún más la libertad.

Y además, como si no tuviese bastante problemas, estaba Catso, que se había distraído sólo temporalmente con el reloj de Karen, y que volvería a atacarle, tarde o temprano. Ralph estaba seguro de esto. Adelgazaba; se sentía inquieto y deprimido. Tenía la jaula sucia, incluso desde el punto de vista de un ratón.

—Ojalá supiera cómo se prepara una fuga —le confió a Chum.

—Si puedo hacer algo para ayudarte, dímelo —le ofreció Chum, mientras abría una de las semillas de girasol que se había ganado aquella mañana llenándose los abazones hasta caerse al suelo de la jaula.

«Chum podría tirarme una semilla de girasol en lugar de esas bolas de alfalfa», pensó Ralph, irritado.

Durante la hora de la siesta, la tía Jill entró en el taller de artesanía para ordenar los estantes. Ralph la miró separar unas de otras las semillas secas, que le parecían deliciosas, y guardar las hierbas y piñas. Mientras la miraba, se le ocurrió que ella podía ayudarle. A diferencia de la mayor parte de las mujeres, la tía Jill era bondadosa con los ratones. Ralph adoptó un aspecto tan encogido y lastimero como pudo, y se aferró a los barrotes de la jaula.

Cuando pasó por su lado, la tía Jill se fijó en él.

—Hola, pequeño —le saludó amablemente.

Ralph hizo temblar los bigotes.

—¡Déjame salir de aquí! —le dijo, seguro de que la mujer no podía entenderle.

La tía Jill sonrió al oírle chillar, y le ofreció una semilla de girasol. Ralph se la arrancó de los dedos y se la comió con tanta avidez que se olvidó de la actitud lastimera.

—¡Oh, qué hambre tienes! —observó la tía Jill.

Pero no le dio otra semilla. Lo que hizo, cuando hubo terminado la hora de la siesta, fue llamar a Garf, que vino hasta la puerta del taller, pero sin entrar en él.

—Tu ratón tiene hambre —le dijo la tía Jill.

—Que le dé de comer alguien —respondió Garf.

—Es tu ratón particular —le recordó la tía Jill.

—Yo no cogí el reloj de Karen —dijo Garf—. No quiero entrar ahí.

—Estoy segura de que no lo cogiste —dijo la tía Jill tranquilamente—, pero no olvides que querías ser el único en dar de comer a tu ratón. Ahora tiene hambre, y necesita que le limpien la jaula.

Garf vaciló, pero entró en el taller de artesanía, y, mientras Ralph corría locamente de un lado a otro buscando una salida, sacó el suelo de la jaula, quitó las virutas de cedro y las sustituyó por otras limpias. Retiró el bebedero, fue a llenarlo al grifo, y volvió a colocarlo en la jaula. Entonces, la tía Jill salió del taller, dejando al chico solo con los dos animales. Aquél era, por fin, el momento que Ralph había estado esperando.

—Oye, Garf... —empezó a decir.

Pero, como el chico no esperaba que el ratón le hablase, no pareció oírle. Ralph estaba desesperado.

—¡Oye, Garf! —chilló, tan fuerte como pudo.

Cuando Garf le miró, Ralph le gritó con todas sus fuerzas:

—¡Escúchame! ¿Sabes esa moto con la que juegas? Es mía.

Garf miraba fijamente a su ratón.

—¡Hablas! —exclamó, asombrado—. ¡No puede ser! ¡Hablas!

Ralph había hablado y Garf le había respondido. Los dos estaban tan impresionados que no podían decir palabra. Finalmente, volvió a hablar Garf.

—Anda, di algo más.

Ralph se sobrepuso y recordó lo que tenía que decirle urgentemente a Garf.

—*¡Pb-b-b-b!* —barboteó, para mostrarle a Garf lo que quería decir—. Esa moto es mía. *¡Pb-b-b-b!* Éste es el ruido que hago para hacerla andar.

—¡Estás de broma! —exclamó Garf, que seguía mirando fijamente al ratón como si no pudiese creer lo que estaba ocurriendo.

—No, no estoy de broma —replicó Ralph—. La escondí debajo de las hojas de bambú antes de que me atacase el gato. Y también escondí allí el casco.

—¡El casco! —exclamó Garf.

Sin poder evitarlo, se echó a reír, lo cual, naturalmente, ofendió a Ralph. Después, se sacó la moto del bolsillo, la observó y observó a Ralph.

—Es de tu medida —reconoció—. Si es tuya, ¿de dónde la sacaste?

—Me la regalaron en el Hostal de la Montaña.

—¿En el Hostal de la Montaña? —exclamó Garf, sorprendido—. ¿Qué hacías tú allí?

—Yo soy de allí —dijo Ralph con dignidad—. Me regaló la moto un chico que se hospedó allí.

—¡No me digas! —exclamó Garf, casi creyéndole.

—Déjame salir de aquí —suplicó Ralph—. Y te demostraré que sé montarla.

Garf pareció sentirse tentado, pero respondió casi a su pesar:

—No; podrías escaparte. Y quiero tenerte conmigo.

—Oh, vamos, Garf —le rogó Ralph.

—No puede ser —dijo Garf—. Y ahora tengo que salir de aquí. La tía Jill se ha ido para darme una oportunidad de devolver ese reloj, y no lo tengo. Ni lo tengo ni sé dónde está.

Ralph vio la oportunidad de hacer un trato.

—Yo sí que lo sé —dijo—. Yo sé dónde está el reloj.

—¿Dónde? —preguntó Garf.

—Déjame salir y te lo diré —propuso Ralph.

—No —respondió Garf—. Quiero llevarte a casa conmigo.

—A tu madre no le gustará que me lleves —dijo Ralph—. Te obligará a abandonarme.

Por la expresión del chico, Ralph supo que había dado en un punto vulnerable, y siguió hablando:

—Dirá que soy sucio, y... que huelo mal.

Garf parecía indeciso.

—Déjame salir de aquí —insistió Ralph—, y te enseñaré dónde está el reloj.

Garf parecía dispuesto a dejarse tentar. Reflexionó un momento, y dijo:

—Es posible que mi madre me dejase tener un ratón. No cuesta nada preguntárselo. Y no quiero saber dónde está el reloj. Si me viese alguien intentando devolverlo, dirían que lo robé yo, y no es verdad.

Las esperanzas de Ralph se desvanecían.

—Yo sé que no fuiste tú —dijo—, porque sé quién fue.

—¿Quién fue?

Naturalmente, Garf sentía curiosidad por saber el nombre del verdadero ladrón.

Ralph reflexionó. ¿Debía decírselo o no? Decidió que el decírselo podría convencer a Garf de que quería ayudarle.

—Fue Catso —dijo—. El gato.

Garf le echó una mirada desdeñosa.

—Ahora sé que mientes —dijo—. ¿Qué haría un gato con un reloj?

Ralph empezaba a desesperarse.

—Pues jugar con él imaginándose que era un ratón. Tirarlo de un lado para otro. Ya sabes lo que hacen los gatos.

—Para ser tan pequeño, tienes mucha imaginación —comentó Garf, sonriendo.

—No me imagino *nada* —replicó Ralph—. Catso se llevó el reloj. Te lo digo en serio. Yo le vi.

—Bah, lo que pasa es que no te gustan los gatos —dijo Garf, y se dispuso a marcharse.

Ralph se quedó sentado sobre sus cuartos traseros, muy deprimido.

—Bueno —dijo—, aunque no me creas, no te olvides de darme de comer.

—Has hecho bien en recordármelo —dijo Garf.

Y le dejó una generosa provisión de comida antes de abandonar el taller. Se detuvo junto a los bambúes donde había encontrado la moto, revolvió las hojas con el pie, y descubrió la media pelota de ping-pong forrada de pelusa. La tomó en la mano y la examinó. Echó una mirada atrás, en dirección a Ralph, y después se metió el casco en el bolsillo y se dirigió a su pabellón.

Al cabo de unos momentos, volvió la tía Jill al taller, echó una mirada al estante, junto a la jaula de Ralph, y frunció ligeramente el entrecejo, como desconcertada. Ralph se instaló ávidamente delante de su comedero. «Le daré una lección a ese Garf —pensó, mientras se atiborraba de semillas—. Tan pronto como salga de esta jaula, le daré una lección.»

Cuando Ralph hubo saciado su apetito, echó una larga siesta. Para cuando despertó, el taller estaba vacío, y toda la colonia se hallaba extrañamente silenciosa. Debajo de los nogales, unos cuantos pollos arañaban el suelo, y los gatitos daban volteretas intentando cogerse la cola unos a otros. En el prado relinchaba un caballo, pero no se veía a nadie.

—¿Dónde están todos? —le preguntó Ralph a Chum.

—Han bajado al río a bañarse, y se han llevado la cena —contestó Chum—. Qué tranquilidad, ¿eh? Por fin he podido dormir durante el día.

En la distancia, Sam ladraba, y los niños gritaban y reían. Ralph se sentía tan pesado por lo mucho que había comido que fue a dar un paseo en su noria antes de ir a explorar los lados de la jaula. Pero su búsqueda fue inútil. Garf había vuelto a colocar el suelo de la jaula en su sitio, y había echado el pestillo.

De pronto, Ralph sintió que se le erizaba el pelo de la espalda. ¡Catso! Ralph se acurrucó en un rincón de la jaula e intentó hacerse invisible. Catso se metió en el taller por el agujero de la puerta, y saltó suavemente a un banco, debajo de la jaula de Ralph. El ratón se hizo una bolita aún más pequeña. Le pareció que los latidos de su corazón eran tan ruidosos como el tic-tac del reloj que faltaba. ¿Por qué no podía Sam quedarse en la colonia y vigilar, tal como era su misión? Esta vez, cerca de la jaula de Ralph no había ningún reloj para distraer a Catso. Éste se puso en pie, apoyó las patas delanteras en el estante y olisqueó la jaula. Después se sentó y se puso a lavarse, tranquilamente. Primero la oreja derecha, y después la izquierda. Aquella tensión era más de lo que Ralph podía soportar. Catso extendió la pata trasera izquierda y empezó a limpiársela. Se lamía cuidadosamente, peinándose el pelo hacia abajo.

De pronto, Ralph tuvo una inspiración. Representaría arriesgarse muchísimo, pero, como no había allí nadie que le protegiese de un astuto gato, nada tenía que perder. Cualquier cosa era mejor que quedarse agazapado en un rincón esperando a que aquella fiera lavase y peinase todos los pelos de su cuerpo.

Ralph entró en acción. Salió del rincón donde estaba, saltó a la noria y se puso a correr tan aprisa que dio la vuelta entera. Aquella actividad sí que atrajo la atención de Catso. Se quedó sentado, con la pata trasera levantada, mirando sorprendido al ratón.

Ralph saltó de la noria y se quedó mirando a Catso por entre los barrotes. El gato se olvidó de su limpieza, y, poniéndose en pie de un salto, apoyó las patas delanteras en el estante y miró fijamente a Ralph. Éste, disimulando su terror, le miró también.

—Si una cosa no puedo soportar es un ratón descarado —dijo Catso.

Y, de un manotazo, envió la jaula por los aires.

Ralph estaba preparado. Se aferró a los barrotes y se armó de valor. El agua del bebedero se volcó, y las semillas volaron. Un ángulo de la jaula chocó contra la mesa, haciendo saltar el suelo, exactamente como había previsto Ralph. La jaula rebotó y acabó por caer sobre un lado. Ralph saltó afuera, por lo que antes era el suelo. ¡Aquel accidente era su oportunidad!

Catso se abalanzó sobre él, pero, antes de que sus garras pudieran alcanzarle, fue distraído de su objetivo por una especie de silbido que venía del estante. Sorprendido, dejó, escapar la cola de Ralph por un milímetro. Ralph se sorprendió también, pero el inesperado ruido no le impidió correr a esconderse detrás de un bote lleno de clavos que había sobre la mesa.

Cuando Ralph reunió el valor necesario para asomar la nariz por el otro lado del bote, vio que Catso miraba fijamente la jaula de Chum. Oyó otra vez aquel silbido, y supo que tenía que proceder del hamster. ¡El bueno de Chum! Ralph no sabía que un hamster supiese silbar.

Cuando Catso se recuperó de su sorpresa, se puso a perseguir a Ralph, que salió volando de detrás de los

clavos mientras el bote echaba a rodar por la mesa. ¡Plaf! Cayó al suelo y se rompió, esparciendo los clavos por todo el suelo. Ralph corrió a esconderse detrás de los botes de judías, guisantes y comida para hamsters, perseguido por Catso. Los botes se rompían, las bolsas se volcaban y se abrían al caer. ¡Crac! ¡Cling! ¡Flas! El ruido y los vidrios rotos que volaban no detuvieron a Catso. De un salto, Ralph se refugió detrás de los grandes carretes de plástico para cuerdas. Catso volcó los carretes, y el plástico se desenrolló y se le enredó en las patas.

Mientras el gato se liberaba de las cintas de plástico, Ralph encontró, detrás de la mesa, una tabla inclinada adosada a la pared, que unía dos montantes. Bajó por la tabla mientras Catso intentaba pasar la cabeza por entre el borde de la mesa y la pared. El gato logró meter la cabeza, pero no el resto del cuerpo. Retiró la cabeza e intentó alcanzar a Ralph con la pata. Pero Ralph estaba demasiado abajo.

Entonces, Catso saltó al suelo y corrió por debajo de la mesa. Ralph subió rápidamente por la tabla, hasta estar por encima de la mesa y fuera del alcance de la pata de Catso. Éste volvió a subir a la mesa, y Ralph volvió a bajar por la tabla, hasta encontrarse otra vez fuera del alcance de aquellas garras curvas y amenazadoras.

Furioso e impotente, el gato saltó de la mesa mientras Ralph subía corriendo por la tabla. Una vez más, Catso se estiró, extendió la pata y la agitó. Ralph había recuperado el valor y la esperanza. Avanzó hasta colocarse a dos centímetros del alcance de Catso. Éste intentó alargar más la pata, pero sin conseguirlo.

Ralph se sentó y dijo :

—Así podemos pasarnos todo el día. Es mejor que lo dejes estar. Ya ves que soy más listo que tú.

Después de hacer un último esfuerzo para extender más la pata, Catso salió de debajo de la mesa y echó a andar altiva y desdeñosamente por entre el revoltijo de granos, clavos y cintas de plástico, como si no se diese cuenta de aquella confusión. Erguía la cola orgullosamente, pero con esto no engañaba a Ralph. El gato había sido derrotado.

Catso salió del taller por el agujero de la puerta. ¡Ralph estaba a salvo! A salvo y en libertad. Ahora, lo único que tenía que hacer era encontrar la manera de quitarle la moto a Garf, y podría ponerse en camino hacia el Hostal de la Montaña. Por el momento, se dispuso a darse un banquete con todos los granos y semillas que Catso había volcado para él.

8

RALPH HACE UN TRATO

FUE Lana quien descubrió la ausencia de Ralph. Al día siguiente de la huida de Ralph, por la mañana, fue corriendo hacia el taller de artesanía, seguida por la tía Jill. Se detuvo en seco cuando vio, a través de la tela metálica, el revoltijo de clavos, grano y cinta de plástico que había en la mesa y en el suelo.

—¡Tía Jill! ¡Tía Jill! —chilló, aunque la tía Jill estaba inmediatamente detrás de ella—. ¡Han entrado ladrones, y se han llevado el ratón de Garf!

Ralph se escondió en un montoncito de polvo que había en el ángulo de la tabla con el montante. Oyó que venían otros niños.

—¡Garf! ¡Garf! —le llamó Lana—. ¡Tu ratón no está! ¡Alguien te ha robado el ratón!

—¡Oh, mirad qué revoltijo! —exclamó Pete.

—Pero la jaula del ratón está toda doblada —observó Graf—. Un ladrón no habría necesitado forzarla para abrirla.

—Primero un reloj, y ahora un ratón —dijo otro chico.

—¡Hay un ladrón en la colonia! —exclamó Lana, amante de la emoción y el misterio.

—Bueno, niños y niñas, lo primero que hemos de hacer es recoger los clavos y el grano, y arrollar el plástico —dijo la tía Jill sin perder la calma; aquel problema no era el primero que se producía en Vista Alegre, ni sería el último.

Después, Ralph oyó la voz de Garf que decía:

—Mirad ese agujero de la puerta. Por él habría podido colarse el gato.

«Bien pensado, Garf», dijo Ralph para sí. Había aprendido estas palabras de los muchos maestros y maestras que habían pasado por el Hostal de la Montaña en época de vacaciones.

—No me extrañaría que hubiese sido Catso el que se llevó a mi ratón —dijo Garf—. Y era un ratón muy majo.

Ralph no pudo evitar sentirse halagado por este cumplido, y también un poco triste. Claro que él era un ratón muy majo; ya lo sabía. Pero el oír que hablaban de él en pasado le hizo pensar que el mundo habría sido un lugar más triste sin su presencia.

—Eres un buen detective, Garf —dijo la tía Jill—. Tiene que haber sido Catso.

—Tía Jill... Catso no se habrá *comido* al ratón, ¿verdad? —preguntó Lana, espantada por la enormidad de un crimen como aquél.

—Espero que no, por el bien de Garf —respondió la tía Jill.

«Y por *mi* bien, ¿qué?», pensó Ralph, indignado.

—Tendríamos que buscar al ratón —dijo la tía Jill—. Quizá está escondido en alguna parte.

Inmediatamente se organizó la caza del ratón. Saieron a relucir cazamariposas, se apartaron botes y cajas, se movieron materiales de artesanía.

—Ven, ratoncito... —llamaba Lana—. Ven...

«Como si yo fuese a ir corriendo», pensó Ralph, que estaba escondido en las sombras, acurrucado tras una polvorienta telaraña.

—Yo diría que se ha escapado —dijo Garf por fin—. Era el primer ratón que he tenido, y seguramente será el último.

—Garf, quedas encargado de tapar ese agujero —dijo la tía Jill—. Pídele al tío Steve un trozo de tela metálica y un poco de alambre. Así estaremos seguros de que Catso no volverá a entrar aquí. Sólo nos faltaría que volviese para molestar a Chum.

En aquel momento, Ralph sintió un escalofrío a lo largo del lomo.

—¡Allí está Catso! —gritó Lana.

La niña salió dando un fuerte portazo; Ralph notó cómo se estremecía el edificio.

—¡Eres malo, Catso! —le reprendió—. ¡Muy malo!

Ralph oyó aquellas palabras, y le reconfortaron.

Más tarde, después de su clase de equitación, Garf volvió al taller llevando un trozo de tela metálica y un alambre, y se puso a tapar el agujero. Su trabajo era frecuentemente interrumpido por los niños y niñas que salían del taller para iniciar otras actividades. Cuando se hubo marchado la tía Jill, Ralph bajó de su escondite mediante una serie de saltos. A través de la tela metálica, miró cómo Garf cosía el parche, sentado en el escalón. Y le dijo:

—Oye, Garf, hablando de mi moto...

Sobresaltado, Garf levantó la mirada de su trabajo.

—¡Estás vivo! Pensaba que se te había llevado Catso...

Su evidente alegría le resultó muy satisfactoria a Ralph.

—¿Cómo es que pensaste que Catso se me había llevado, si no te creíste que él robó el reloj? —le preguntó Ralph—. Yo puedo correr y saltar, ¿sabes?, y un reloj no.

—Es que no es lógico que un gato robe un reloj —insistió Garf.

—Si te enseño dónde está el reloj, ¿me creerás? —preguntó Ralph.

Mirándole con interés, Garf volvió a sentarse sobre sus talones. Pero su respuesta fue la misma de siempre.

—No quiero tener nada que ver con ese reloj. No quiero que me vean cerca de él, porque empezarían a decir otra vez que lo cogí yo. Ahora, casi todo el mundo se ha olvidado de él, y no quiero que se vuelvan a acordar.

—No hace falta que te acerques a él —dijo Ralph—. Lo único que has de hacer es mirarme.

Aplastando el cuerpo, Ralph se escurrió por debajo de la puerta del taller, saltó los escalones uno a uno y corrió hacia las hojas de bambú. Pero, de pronto, todas aquellas hojas le parecieron iguales. ¿Cuál era la que escondía el reloj? Ni se acordaba. Miró debajo de una, y debajo de otra. Oyó que Garf murmuraba unas palabras de escepticismo, y que volvía a su trabajo. Más lejos, junto a uno de los pabellones, Lana volvía a reñir a Catso.

—¡Malo, más que malo! —gritaba.

Ralph apartó algunas hojas, y se metió por debajo de otras. ¿Dónde estaría aquel dichoso reloj? Era imposible saber cuántas hojas habían caído al suelo desde que Catso abandonó allí el reloj. Ralph se hundió más por entre las hojas, y finalmente se vio recompensado por el contacto del metal.

Ralph agarró la hebilla de la correa y empezó a tirar. El reloj pesaba más de lo que había imaginado, pero se deslizaba bien por la lisa superficie interior de la hoja. Ralph avanzó lentamente por entre las demás hojas, tirando del reloj con todas sus fuerzas, y por fin salió a la superficie.

—¡Mira! —exclamó—. ¡Ya te decía yo que sabía dónde estaba!

—Vaya, ésta si que es buena... —dijo Garf, volviendo a sentarse en el escalón—. Es verdad que lo sabías. ¿Cómo fue a parar ahí?

—Esto *también* te lo expliqué —contestó Ralph, impaciente—. Catso lo cogió con la boca, lo trajo hasta aquí, jugó un rato con él, y después lo dejó caer, y el reloj se metió debajo de una hoja.

—¿Sabes?, creo que me estás diciendo la verdad —dijo Garf, todavía asombrado.

—¡Pues claro que te estoy diciendo la verdad! —replicó Ralph, indignado.

—Pero, ¿de qué me sirve esto a mí? —preguntó el niño—. Ya sabes que no puedo devolverlo. Y, si digo que fue Catso quien lo robó, todo el mundo se reirá.

Este momento era el que Ralph había estado esperando. Colocó algunas hojas de bambú encima del reloj, para esconderlo, y después le dijo a Garf:

—Bueno, pues vamos a hacer un trato. Yo devuelvo el reloj y demuestro que eres inocente. Y tú me devuelves la moto.

En el trampolín, Lana decía, mientras saltaba:

—¡Tú tam-bién eres ma-lo, Sam! ¡Va-ya un guar-diá te-ne-mos!

Dejó de saltar y siguió riñendo a Sam:

—Tú eres el perro guardián de aquí. ¿Por qué no vigilabas a Catso? ¿Por qué le has dejado coger a ese pobre ratoncito?

Garf reflexionó un momento, y le dijo a Ralph:

—¿Para qué quieres la moto? Por aquí, el terreno es muy desigual.

—Y, ¿para qué la quieres tú? —le replicó Ralph—. Tú eres demasiado grande para montarla. Es una moto para un ratón, no para un niño.

—La quiero porque me gusta jugar con ella —respondió Garf—. La hago correr de un lado para otro, y me imaginó cómo será ir en moto cuando sea mayor.

—Pues yo la quiero para hacer un viaje —dijo Ralph—. Ahora mismo. Quiero volver al Hostal de la Montaña. Quiero volver a mi casa.

—¿Al Hostal de la Montaña? —exclamó el muchacho, extrañado—. Pero el Hostal está a casi dos kilómetros. Nunca conseguirías llegar.

Ralph recordó el largo y emocionante viaje cuesta abajo. Recordó que entonces había pensado que nunca podría volver atrás por aquella carretera, cuesta arriba.

—Quizá no... —admitió.

—Pues claro que no podrías —dijo el muchacho. Se sacó la moto del bolsillo y pasó un dedo por la rueda delantera.

—En primer lugar —dijo—, las ruedas no resistirían ese viaje. Están bastante gastadas. Si corres por suelos, aún les queda mucho, pero en una carretera no resistirían.

—Oh...

Ralph no había pensado en la posibilidad de que se le desgastasen las ruedas.

—Y otra cosa —continuó Garf—. Antes de llegar a mitad de camino, seguramente pillarías una laringitis, a fuerza de hacer tanto el ruido de la moto.

—Sí, creo que tienes razón —dijo Ralph, completamente abatido.

—¡Sam ma-lo! ¡Sam ma-lo! —reñía Lana desde el trampolín.

Pasaron algunos niños, y Ralph se escondió debajo de una hoja. Después salió y le preguntó a Garf, lastimero:

—¿Qué voy a hacer? No puedo quedarme aquí con los gatos. Yo soy un ratón de hotel. No estoy acostumbrado a vivir a la intemperie ni a comer semillas de hierba. Cuando venga el invierno, seguramente me moriré, si antes no me han cazado los gatos. Tengo que intentar volver al hotel.

—Tenías que haber pensado en todo esto antes de escaparte —le reprendió Garf.

—Sí, pero no lo pensé —replicó Ralph secamente—. No te pongas a hablar como una persona mayor.

—Perdona —se excusó Garf.

Sonó la campana anunciando la cena, y todos los niños echaron a correr hacia el comedor. Catso, rehuyendo a Lana con una expresión temerosa, se puso a correr de un escondite a otro, avanzando hacia la cocina. Y el pobre Sam, tan concienzudo y deseoso de complacer a todos, avanzaba por la hierba, abatido, con el rabo entre las patas. Había tenido un fallo en el cumplimiento de su deber.

Ralph no disponía de mucho tiempo.

—¿Hacemos el trato o no? —le preguntó al chico.

—Tengo una idea mejor —dijo Garf—. Yo te llevaré al hotel, cuando venga a buscarme mi familia. Ellos pasarán la noche allí antes de venir a recogerme, pasado mañana. Aquí no nos dan almuerzo el día que nos marchamos, así que estoy seguro de que nos pararemos en el hostal para almorzar antes de empezar el viaje a casa. Es el único lugar de por aquí donde se puede comer. Podría llevarte en el bolsillo.

Aquel ofrecimiento era más de lo que Ralph había esperado.

—Pero —insistió—, si devuelvo el reloj, ¿me devolverás tú la moto?

Ralph prefería morir en Vista Alegre que volver al hotel sin su moto.

—¿Cómo lo devolverás? —le preguntó Garf, intrigado—. No puedes subirlo al estante del taller ni a la mesa del despacho.

—Yo no he dicho cómo lo devolvería —respondió Ralph—. He dicho que lo devolvería. Lo dejaré en algún lugar donde Karen pueda encontrarlo.

Garf reflexionó un momento.

—Pero podrían pensar que he sido yo quien lo ha dejado allí —dijo.

Ralph tenía respuesta para aquello.

—Lo dejaré en algún lugar al que los chicos no puedan ir.

—¿Quieres decir el cuarto de baño de las niñas? —preguntó el chico, visiblemente impresionado por la idea de Ralph.

—Quizá —dijo Ralph tranquilamente—. O en el pabellón de Karen. O en el vestuario de las chicas, junto a la piscina. Decídete pronto o llegarás tarde a almorzar.

—¡De acuerdo! —exclamó Ralph—. Tú devuelves el reloj mañana, y yo te devolveré la moto. Y, pasado mañana, te llevaré al hotel. Pero que quede claro: si no hay reloj, no hay moto.

—De acuerdo —dijo Ralph—. Y podrías incluir en el trato un bocadillo de jalea y mantequilla de cacahuete para mi cena de hoy.

—¿Nos damos la mano? —propuso Garf.

Ralph extendió la pata, que el muchacho cogió suavemente entre el pulgar y el índice.

—Nos encontraremos mañana por la mañana, después del desayuno, en los bambúes —dijo Garf, mientras echaba a correr hacia el comedor—. Si no estás, volveré más tarde.

«Espero estar allí», pensó Ralph, que sabía que le esperaba una noche de peligro. El bocadillo de jalea y cacahuete contribuiría a darle fuerza y valor.

En el comedor, los niños y niñas se pusieron a cantar.

No puedes ir al Cielo con patines,
porque pasarías de largo de la puerta.
No puedes ir al Cielo con una perra en el bolsillo,
porque el Señor no permite las máquinas tragaperras.

9

UN PLAN PELIGROSO

«SOY un fracasado —se dijo Ralph cuando el coro de pájaros anunció el amanecer, y un gallo cantó cerca del establo—. Soy un tonto, un pobre fracasado.»

Ralph había vuelto a su observatorio, en lo alto de un bambú, después de pasar toda la noche corriendo de aquí para allá, preocupadísimo. Todos los edificios de la Colonia Vista Alegre estaban construidos sobre bloques de cemento a prueba de ratones, imposible de roer. Todas las puertas de tela metálica estaban por encima de un altísimo escalón de cemento. El reloj seguía oculto entre las hojas de bambú; Garf no tardaría en saber que, finalmente, no iba a ser demostrada su inocencia, y Ralph no recuperaría su moto. «¡Mecachis, mecachis!», exclamó para sí mismo. Y se sentía especialmente mal porque, la noche anterior, Garf se había acordado incluso de dejarle la cuarta parte de un bocadillo de jalea y cacahuete al lado de los bambúes.

Se disponía a bajar del bambú para esconderse de

Garf cuando sonó el despertador, y el muchacho de la corneta salió, soñoliento, de su pabellón, para despertar a la colonia. Los niños y niñas fueron a lavarse la cara en las jofainas que había frente a los pabellones, y después, antes de ir a desayunar, las chicas sacaron a airear los sacos de dormir. Algunas los colgaron de las vallas. Otras, incluyendo a Karen, extendieron los suyos en la hierba, al sol, en la zona reservada a las chicas.

«Oh, aquí está mi oportunidad por fin», pensó Ralph aliviado, mientras se formaba en su mente un plan sencillo aunque peligroso.

Después de comprobar que Catso estaba sentado ante la puerta de la cocina, esperando su desayuno, Ralph saltó al suelo y localizó el reloj debajo de las hojas. Lo cogió por la hebilla de la correa, y, con gran esfuerzo, empezó a arrastrarlo hacia el saco de dormir de Karen.

El reloj pesaba más de lo que Ralph recordaba. A fuerza de tirar y tirar, consiguió llevarlo lentamente, por el arenoso sendero, hacia el taller de artesanía, y después a la hierba. El reloj se deslizaba más fácilmente por encima de la hierba, y Ralph aprendió pronto a elegir el camino más liso, evitando los terrones de tierra y las hierbas que pinchaban.

Los niños y niñas acabaron de desayunar y salieron en tropel del comedor. Ralph siguió afanándose, arrastrando el reloj hacia el saco de dormir de Karen, centímetro a centímetro, sabiendo que Garf debía de estarle buscando junto al macizo de bambúes. Inició un largo y penoso rodeo en torno a una nuez caída en el suelo, y esperó que, algún día, Garf supiese que por lo menos lo había intentado, auque no lo consiguiese.

De pronto, se le empezó a erizar el pelo del lomo, y se quedó inmóvil. ¡Catso! Los ojos de cazador del gato habían percibido el movimiento de la hierba. Ralph se agazapó junto al reloj.

Catso se puso a andar más cerca del suelo, moviéndose tan silenciosamente que parecía fluir por entre la hierba. Sólo agitaba un poco la punta del rabo. Ralph sabía que era inútil tratar de escapar. Ello sólo serviría para hacerle la caza más interesante a Catso y para alargar su propio sufrimiento. El gato se detuvo y movió un poco los cuartos traseros, como buscando la posición más adecuada para saltar.

¿Dónde estaba Lana? Por la mente de Ralph pasaron rápidamente imágenes de su vida: el nido familiar en el Hostal de la Montaña, su madre, el tío Lester, sus hermanas, hermanos y primos, el chico que le había regalado aquella moto que había cambiado su vida, la jaula del taller de artesanía, Chum, Garf...

Catso se agachó un poco más y volvió a moverse un poco, preparándose para saltar.

En aquel momento, Ralph percibió la cercanía de Sam, y apartó la mirada de Catso. El perro trotaba decidido por la hierba, hacia ellos. «Si no me atrapa el uno, me atrapará el otro», pensó Ralph, e intentó hacerse aún más pequeño y aplastarse contra el reloj, pensando que a un perro no le apetecería aplastar un reloj entre los dientes.

Sam emitió un profundo gruñido. Distraído, el gato dejó de preparar su ataque y le miró malévolamente.

—Quieres ponerme en un apuro, ¿eh? —le gruñó Sam al gato.

Catso se alzó sobre las cuatro patas, arqueó el lomo, y pareció doblar en tamaño.

—Mira, Sam —le replicó irritado—, yo tengo que exterminar a los fastidiosos ratones.

—Pero no a éste —dijo Sam, avanzando hacia él—. Este ratón tiene derecho a vivir aquí, y ya me pusiste en un aprieto al dejarle escapar.

—Ah, ¿sí? —le dijo Catso, mientras blandía frente al hocico de Sam una amenazadora pata con las garras descubiertas—. Y yo, ¿qué? A mí se me ha acusado injustamente de comerle.

—Y, ¿qué es lo que ibas a hacer ahora? —le preguntó Sam.

E hizo como que le mordía, ante lo cual el gato dio media vuelta y, con la cola orgullosamente erguida, avanzó majestuoso hacia el taller de artesanía. Y entonces recordó, de pronto, que hacía rato que no se lavaba.

Mientras Catso se acicalaba las patas, Sam miró a Ralph con interés.

—Tú no paras, ¿eh? —observó, con cierta simpatía—. Primero una moto, y ahora un reloj. Por cierto, ¿de dónde lo has sacado? ¿No lo habrás robado? No, no podrías. Eres demasiado pequeño.

—Es verdad. Soy demasiado pequeño —convino Ralph—. Fue Catso quien lo robó, y ahora estoy intentando devolvérselo a su dueña.

Y le contó a Sam toda la historia, explicándole por qué Garf no podía devolver el reloj.

Sam echó una mirada a Catso y gruñó, pero el gato se limitó a hacer una breve pausa en el arreglo de su pata trasera izquierda para mirarle desdeñosamente. Después, Sam le dijo a Ralph:

—Eres muy pequeño para arrastrar ese reloj por

este suelo tan rugoso. Quizá podría ayudarte. Dame, déjame llevarlo a mí.

Ralph tembló al ver acercarse aquel gran hocico. Se agachó un poco y se apartó del reloj, y vio, fascinado, cómo Sam tomaba delicadamente entre los dientes la correa de cuero, y echaba a andar hacia el saco de dormir de Karen. Una vez allí, dejó caer el reloj sobre el forro de franela.

Ralph volvió a acercarse y le dijo, con auténtica gratitud:

—Gracias, Sam.

—No he hecho más que cumplir con mi deber —dijo Sam—. Pero hay una cosa que me preocupa. Los chicos no pueden entrar en la zona de las chicas, pero ¿no podría un chico haber tirado el reloj aquí desde la zona de ellos, por encima de la valla? No estoy seguro de que quede demostrada la inocencia de Garf cuando Karen encuentre el reloj.

—No había caído en esto —admitió Ralph—. Pero pronto lo arreglaré.

Corrió a donde estaba el reloj y se puso a roer el saco de dormir, para hacer en él un agujero. Garf podía tirar un reloj al aire, pero no podía roer un agujero. Sam se echó sobre las cuatro patas, protegiendo a Ralph.

El ratón usó sus afilados dientes con tanta eficacia que pronto hubo hecho un agujero en el seco e insípido forro. Entonces, se introdujo en el relleno de fibra de poliéster, arrastrando el reloj tras él.

—¿Estás bien? —le preguntó Sam.

—Claro que estoy bien —respondió Ralph.

Y siguió abriéndose camino por el poliéster para introducir el reloj. Aquella fibra era más suave que el

Kleenex más finamente desmenuzado. Era más suave que las medias de nilón, que las plumas de los cojines, que cualquier otro material suave de los que Ralph conocía.

—Siendo así, ya me puedo marchar —dijo Sam—. Todavía tengo que inspeccionar el establo.

Ralph asomó la cabeza por el agujero del saco, y le dijo al perro:

—Muchas gracias, Sam, de verdad. Me has salvado la vida.

La correa del reloj asomaba aún al exterior, y Ralph volvió a meterse dentro del saco para tirar del reloj un poco más, hasta estar seguro de que ya no se veía desde fuera. Ya estaba. Aquella noche, cuando Karen se metiese en el saco, notaría un bulto, investigaría y descubriría su reloj extraviado en un lugar en el que Garf no podía haberlo escondido.

La fibra de poliéster era deliciosamente blanda y suave, y Ralph estaba cansado después de la noche que había pasado en vela. «Tengo que salir de aquí antes de la hora de la siesta», se dijo. Pero, en su interior, otra voz le dijo: «Échate una siestecita, sólo unos minutos. Para la hora de la siesta falta mucho rato, y necesitas dormir un poco.» El poliéster era suave y acogedor; los ruidos de la colonia quedaban amortiguados por el saco, y Ralph tenía sueño...

Cuando despertó, el saco se movía. Oyó el leve silbido de la larga cremallera que se cerraba, y sintió que le levantaban. Después oyó un portazo. El saco de dormir fue colocado en una superficie, y unas manos lo alisaron.

«¡Mecachis! —pensó Ralph—. ¡Ahora sí que la he hecho buena!» Oyó, amortiguado, el ruido de unas

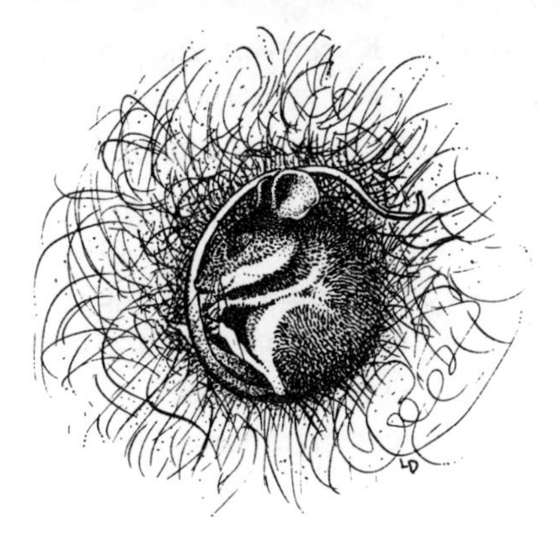

botas arrojadas al suelo. La litera que tenía debajo se movió, y, súbitamente, un peso le aplastó, aunque le protegía el poliéster.

Sin poder contenerse, emitió un chillido. El peso que le oprimía desapareció inmediatamente. Los muelles de la litera saltaron. Dos pies se posaron en el suelo, y Ralph oyó la voz de Karen que decía:

—Qué raro... Estoy segura de haber oído un chillido.

—Son los muelles de la litera, tonta —dijo otra chica.

—No —dijo Karen—. Parecía más bien el chillido de un ratón, y estaba justo debajo de mí.

—Callaos, niñas —les dijo la monitora—. Es la hora de la siesta.

«Tengo que salir de aquí», pensó Ralph. Salió de su nido de poliéster y se encontró entre las dos capas de franela. Cuando empezaba a avanzar hacia un extremo del saco, esperando que fuese el que estaba abierto, oyó el ruido de la cremallera. Karen levantó la parte superior del saco, y Ralph quedó al descubierto.

—¡Iiiii...! —chilló Karen—. ¡*Es* un ratón! ¡Y no está aplastado!

Ralph saltó al suelo y vio dos hileras de niñas que le miraban fijamente desde sus literas. Corrió desesperadamente hacia una bota de montar que estaba echada en el suelo, pero se dio cuenta de que quedaría atrapado en su interior, entonces echó a correr en dirección contraria, sin saber a dónde iba.

Ahora, todas las chicas gritaban a la vez.

—¡Cogedle!

—¡No le dejéis escapar!

—¡Qué mono es!

—¡No le encuentro mono si se mete en mi saco! —exclamó Karen.

Muchos pies envueltos en calcetines corrían de aquí para allá.

—¡Traed una jofaina! —gritó una de las chicas—. ¡Cogedle debajo de una jofaina!

—¡Niñas! —exclamó la monitora.

Ralph corría desesperadamente de un lado a otro. Allí donde iba, tropezaba con pies y más pies. Estaba muerto de miedo. Sabía que tenía que hallar una manera de escapar antes de que alguien le atrapase debajo de algún objeto. Oyó crujir la puerta, y se dio cuenta de que una niña había salido a buscar la jofaina.

—¡Un sombrero! —gritó alguien—. ¿Quién tiene un sombrero?

Movido por el pánico, Ralph pasó por encima de un pie, envuelto en un calcetín blanco. La dueña del pie dio un grito. Alarmado por aquel grito, Sam se puso a ladrar.

Un sombrero de vaquero, de paja, cayó sobre el

suelo de cemento, envolviendo a Ralph en una bóveda oscura. La luz del día que se filtraba por entre la paja le pareció una constelación de estrellas.

—¡Mirad! —gritó Karen—. ¡Un agujero en mi saco! ¡Ha hecho un agujero enorme en mi saco!

Sam, ansioso de proteger a las niñas, arañaba la puerta desde fuera.

—¡Soy yo, Sam! —chilló Ralph, pero nadie le oyó.

Ralph estaba alerta, esperando que alguien levantase el sombrero para poder escapar, si no hacia un agujero en la madera de la pared, por lo menos hacia el refugio de una litera.

—¡En el agujero de mi saco hay algo! —exclamó Karen—. ¡Mi reloj! ¡Mirad! ¡Es el reloj que me habían quitado!

Todos los pies se acercaron a la litera de Karen.

Se abrió la puerta, y entraron por ella unas pisadas de perro y varias pisadas humanas, las de la niña que había ido a buscar la jofaina y las de otra persona.

—Chicas, ¿qué pasa aquí? —preguntó la tía Jill—. Es la hora de la siesta.

Ralph podía oír a Sam que olisqueaba en círculos, con el hocico pegado al suelo.

Las chicas se pusieron a hablar todas a la vez, pero Karen logró contarle a la tía Jill el hallazgo del reloj.

—Así que no pudo haberlo cogido Garf —dijo otra chica.

—Y tenemos al ratón aquí, debajo de ese sombrero —dijo otra.

El hocico de Sam se detuvo al llegar al ala del sombrero.

—¡Eh, Sam, soy yo! —chilló Ralph, asustado.

Sintió alivio al ver que Sam se sentaba, jadeando.

Fue a mirar por un agujerito del sombrero, y vio la larga lengua rosada que colgaba de la boca del perro.

—Pero lo que no entiendo —dijo Karen— es cómo ha ido a parar el reloj a ese agujero. Un ratón no habría podido meterlo ahí.

«Ni lo entederás nunca», pensó Ralph.

—Tía Jill, ¿qué haremos con el ratón? —oyó Ralph que preguntaba una niña—. Ahora le cogeremos en esta jofaina.

«No me cogeréis si puedo evitarlo», pensó Ralph.

—¿Por qué no se lo damos a Garf? —propuso la tía Jill—. Estoy segura de que echa de menos a su ratón, y sé que estaba ofendido porque algunas personas creyeron que él había cogido el reloj.

—¡Buena idea! —convino Karen.

«Bueno —pensó Ralph—, esto lo arreglaría todo.» Cuando alguien levantó el sombrero y apoyó en el suelo el borde de la jofaina de plástico, Ralph saltó a ella, y después sintió que le levantaban, con el sombrero aún encima de él. Después, el ala del sombrero se levantó unos centímetros, por un lado, y Ralph vio una hilera de ojos que le miraban. Sin poder evitarlo, se echó a temblar, aunque sabía que nada tenía que temer.

—¡Qué *pequeñito* es! —exclamó una de las niñas, maravillada.

—Tía Jill, se parece muchísimo al ratón de Garf —dijo Karen—. ¿No será...?

—Todos los ratones se parecen —replicó vivamente la tía Jill—. Bueno, chicas, volved a acostaros. Yo le llevaré el ratón a Garf.

Volvió a apretar el sombrero contra la jofaina, y Ralph se vio otra vez envuelto en tinieblas.

Sintió que le sacaban del pabellón, y que pasaban por delante del taller de artesanía, donde oyó a Chum que roía los barrotes de su jaula. Pobre Chum. Después, oyó que se abría la puerta del pabellón de Garf.

—Garf... —susurró la tía Jill—. Despierta... Despierta... Tengo que darte una cosa.

—Mmm... —murmuró Garf, soñoliento; no es cosa fácil despertar a un niño en una calurosa tarde de verano.

—Te traigo un ratón —dijo la tía Jill.

—¡Un ratón! —exclamó Garf, y Ralph notó por su voz que el chico estaba completamente despierto—. Déjamelo ver.

Ralph se quedó quieto en la jofaina mientras la directora levantaba cuidadosamente el sombrero. Vio a los otros chicos y al monitor dormidos en sus literas, y vio, en un estante que había encima de la litera de Garf, que era de las de abajo, su casco.

—Lo ha encontrado Karen en su saco de dormir, en un agujero —le explicó la tía Jill—. Y ha pasado además una cosa rarísima. En ese agujero ha encontrado el reloj que había perdido.

Ralph vio que la tía Jill le miraba pensativa.

—¡No me digas! —exclamó Garf, olvidándose de hablar en voz baja.

—Sí —susurró la tía Jill—. Y las niñas han pensado que a ti te gustaría tener al ratón.

—¡Ya lo creo! —susurró Garf.

—Me parece que podremos arreglar la jaula —dijo la tía Jill.

—¿No puedo tenerle aquí, en la jofaina? —preguntó Garf.

—Podría escaparse —respondió la tía Jill—. Pero haz lo que quieras. El ratón es tuyo.

Sonrió, y salió silenciosamente del pabellón.

—¡Lo has conseguido! —susurró Garf.

—Pues claro —dijo Ralph—. Oye, ¿piensas dejarme en esta jofaina?

—No, claro que no —respondió el niño, y extendió la mano.

Ralph saltó a la palma de Garf, y éste movió lentamente la mano y se metió al ratón en el bolsillo. Allí, tal como esperaba, estaba su moto. En la cálida y acogedora oscuridad, acarició con las patas el manillar, el asiento de plástico, las ruedas, el tubo de escape. La moto estaba intacta, y era suya otra vez. Se la había ganado. Asomó la cabeza fuera del bolsillo, y le preguntó al muchacho:

—No me meterás otra vez en esa jaula, ¿verdad?

—No, si me prometes que no te escaparás. Mañana te llevaré al hostal. ¿Te acuerdas de nuestro trato?

—No te habrás olvidado de que me prometiste devolverme la moto, ¿verdad? —preguntó Ralph, para estar bien seguro.

—No.

—No me escaparé —prometió Ralph—. Pero hay otra cosa que quiero pedirte. Antes de marcharte de la colonia, ¿podrías darle a Chum un trozo de madera para roer, y así no tendría que roer los barrotes para desgastarse los dientes?

—Sí, claro —susurró Garf—. Lo haré en seguida después de la siesta.

Aquello hizo que Ralph no se sintiese tan mal porque Chum se quedaba solo en el taller de artesanía.

Iba a meterse otra vez en el bolsillo de Garf cuando éste le dijo:

—Oye, ¿quieres hacerme un favor? Antes de que se despierten todos, déjame ver cómo montas en la moto.

—¡De acuerdo! —exclamó Ralph, contento de acceder a aquella petición.

Con cuidado, Garf depositó en el suelo a Ralph y la moto. Después, le entregó al ratón el casco, que Ralph se colocó en la cabeza, pasándose la gomita debajo del mentón. Con gestos de experto, agarró el manillar, pasó la pata por encima del asiento de plástico, y, cuidando de mantener el rabo fuera de los radios, hizo una inspiración profunda.

¡Pb-b-b-b! Ralph se puso en marcha por el suelo de cemento, mientras Garf se inclinaba para mirarle. Ralph se agachó más sobre el manillar y aceleró. *¡Pb-b-b-b!* Sintiendo la alegría y la emoción que le causaba la velocidad, trazó varios ochos en torno de las botas camperas de Garf, que estaban tiradas en el suelo. El monitor se removió un poco en su sueño, y Ralph corrió a esconderse debajo de la litera de Garf, hasta que hubo pasado el peligro. Corrió y corrió hasta quedar sin aliento, y después se detuvo delante de Garf, y se quedó allí jadeando, con el casco echado hacia atrás.

—¡Madre mía! —susurró Garf—. ¡Ha sido fantástico!

Ralph no dijo palabra, pero estaba de acuerdo.

—Ojalá pudiera yo hacer todo esto... —dijo Garf.

Tomó en sus manos a Ralph y a la moto y les devolvió cuidadosamente a su bolsillo.

Después de todas las emociones que había experimentado aquella mañana, Ralph necesitaba una siesta. Pero, antes, asomó la cabeza por el bolsillo de Garf.

—Gracias, amigo —le dijo—. Por cierto, procura no aplastarme mientras duermes...

—No te preocupes —respondió Garf—. Te devolveré entero al hostal. A ti y a la moto.

ÍNDICE

LISTA DE TITULOS POR EDAD ACONSEJADA

PRIMEROS LECTORES: Mundo Mágico,

Código	Título	Autor
MM020	Animales charlatanes	Vázquez-Vigo
MM026	Guau	Vázquez-Vigo
MM101	Osito berreón, El	Uebe, I.
MM102	Dongel el burrito	Horstmann-N.
MM103	Pequeño guerrero y el caballo de hierro, El	Mawatani, N.
MM104	Tía Yesca	Lorsen, B.
MM110	Habéis visto un huevo?	Kurtz, C.
MM112	Miña y perro	Murciano, C.
MM114	Maxi quiere irse	Korschunow
MM120	Fiok y la Isla Verde Menta	C. L. Narvaez
MM125	Monstruo y la bibliotecaria	Gomez Cerdá

DE 8 A 9 AÑOS: Mundo Mágico,

Código	Título	Autor
MM003	Jim Boton y Lucas el maquinista	Ende, M.
MM004	Jim Boton y los trece salvajes	Ende, M.
MM005	Zapatos de fuego y Sandalias de viento	Wölfel, U.
MM008	Travesuras de Julio, Las	Wölfel, U.
MM009	Familia Mumin, La	Jansson, T.
MM010	Bandido Saltodemata , El	Preussler, O.
MM011	Robi, Tobi y el aeroguatutu	Lorsen, B.
MM012	Pequeño Fantasma, El	Preussler, O.
MM014	Nuevas aventuras del Bandido Saltodemata	Preussler, O.
MM016	Familia Mumin en invierno	Jansson, T.
MM017	Bandido Saltodemata y la Bola de Cristal, El	Preussler, O.
MM018	Geniecillo del agua, El	Preussler, O.
MM019	Pequeña Bruja, La	Preussler, O.
MM021	Fantásticas aventuras del caballito gordo, Las	Cañizo, J. A.
MM022	Tres Naranjas del Amor	Bravo Villasante
MM023	Feral y las cigueñas	Alonso, F.
MM024	Mercedes e Inés o cuando la tierra da vueltas al revés	Armijo, C.
MM025	Piedras y trompetas	Kurtz, C.
MM027	Piripitusa	Roig, M.
MM028	Manos en el agua, Las	Murciano, C.
MM029	Hermosura del Mundo , La	Bravo Villasante
MM032	Mercedes e Inés Viajan hacia arriba, hacia abajo y...	Armijo, C.
MM034	Cosas del abuelo, Las	Cañizo, J.A. del
MM035	Cuentos para bailar	Amo, M. del
MM036	Luz en el bosque, Una	Brun, D.
MM037	Sirena y media	Vázquez-Vigo
MM039	Uiplalá	Schmidt, A.M.G.
MM040	Sueño de un gato negro, El	Pérez Avelló.
MM041	Detrás del muro	Wölfel, U.
MM043	Viaje de Juan, El	Riha B.
MM044	Principe Oso , El	Bravo Villasante
MM046	Palabra de árbol	Vázquez-Vigo, C.
MM048	Archibaldo el fantasma	Drimm, D.
MM049	Princesita que tenía los dedos mágicos, La	Gefaell, M. L.
MM050	Abecedario fantástico	Wölfel, U.
MM055	Brun	Kurtz, C.
MM056	Señor que se comió un mundo, El	Antoniorrobles
MM057	Bisa Bea, Bisa Bel	Machado, A M.
MM059	Vuelve Uiplalá	Schmidt, A.M.G.
MM060	Cuento contigo	Murciano, C.
MM062	Genial señor Bat, El	Nöstlinger, C.
MM063	Cuentos para contar	Amo, M. del
MM065	Jardín de Yosi, El	Wölfel, U.
MM066	Angel con gorro de lana, El	Preussler, O.

De 8 A 9 AÑOS: Mundo Mágico,

Código	Título	Autor
MM067	Oso llamado Paddington	Bond, M.
MM069	Libro de los Monicacos, El	Ende, M.
MM073	Inés y Mercedes o los domingos...	Armijo, C.
MM074	Mi amigo el jabato	Lorsen, B.
MM075	Gata casi blanca, Una	Dejong, M.
MM076	Paddington en apuros	Bond, M.
MM077	Encuentro con los contrar...	Erausquin, M.A.
MM078	Vacaciones de Paddington	Bond, M.
MM080	Nuevas aventuras de Paddington	Bond, M.
MM082	Chanchito Piesdeperro	King-Smith, D.
MM083	Aventuras de Naricitas	Grant, J.
MM084	Has sido tu Kasimir ?	Broger,A.
MM085	Más aventuras de Naricitas	Grant, John
MM087	Retahilas con hilo	Tutt, Barry
MM091	Viajes de Kásperle	Siebe, J.
MM092	Kásperle ha vuelto	Siebe, J.
MM093	Kásperle en el castillo Altocielo	Siebe, J.
MM094	Kásperle en la ciudad	Siebe, J.
MM095	Kásperle en Suiza	Siebe, J.
MM096	Kásperle en Kasperlandia	Siebe, J.
MM097	Funciones y juegos de Kásperle	Siebe, J.
MM105	Brujas, princesas y cosas así	Schmidt, A.M.G
MM106	Lucas Comino mago o jefe indio	Janosch
MM107	Año del Zaragatón, El	Chapouton,A.M.
MM113	Vikingo en mi jardín, Un	Schmidt, A.M.G.
MM115	Habitación de Mauricio, La	Fox, P.
MM117	Tom, el Gato Cazador	King-Smith, D.
MM119	Dragón Albert, El	Weir, R.
MM121	Pequeño Capitán, El	Biegel, P.
MM122	Bosque en peligro, El	Lorsen, B.
MM128	Platillo volante en el bosque	Streblow, L.

DE 10 A 11 AÑOS: Mundo Mágico,

Código	Título	Autor
MM001	Vacaciones en Suecia	Unnerstad, E.
MM002	Ratón Manx, El	Gallico, P.
MM006	Hugo y Josefina	Gripe, M.
MM007	Fantásticas aventuras de Alarico, Las	Horseman, E.
MM013	Extrañas vacaciones de D.Shaw, Las	Puzo, M.
MM015	Historia de Pimmi	Wölfel, U.
MM030	Ryn caballo salvaje	Riha, B.
MM031	Fabricio y el Perro	Cazalbou, J.
MM033	Llegada de Jutka , La	Briones, J. M.
MM038	Antón Retaco	Gefaell, M. L.
MM042	Ultimo vampiro, El	Hall, W.
MM045	Alarico y el club de los Boffin	Horseman, E.
MM047	Verano del dinosaurio, El	Hall, W.
MM051	Magnus	King-Smith, D.
MM052	Visitante del Atardecer, El	Brun, D.
MM053	DRAGON 5 y el planeta...	Earnshaw, B.
MM054	Chicos del sótano mágico	Nöstlinger, C.
MM058	DRAGON 5 y los cowboys...	Earnshaw, B.
MM061	Timo, Rompebombillas	Gomez Cerdá .
MM064	DRAGON 5 y la bestia real	Earnshaw, B.
MM068	Noche fuera de casa, Una	Wrightson, P.
MM070	Minusa	Schmidt, A.M.G.
MM071	Tienda hinchable, La	Hall, W.
MM072	DRAGON 5 y Supercaballo	Earnshaw, B.
MM079	Telarañas de Carlota, Las	White, E. B.
MM081	Mundo de Buster, El	Reuter, B.
MM086	Que más da!	Young, H.
MM088	Alto secreto	Reynolds Gardiner.
MM089	Y entonces llegó un perro...	Dejong, M.

DE 10 A 11 AÑOS: Mundo Mágico,

Código	Título	Autor
MM090	Tranquilino, Rey	Amo, M. del
MM098	Colina que canta, La	Dejong, M.
MM099	Abel, el ascensorista	Schmidt, A.M.G.
MM100	Sarah, sencilla y alta	Mac Lachlan, P.
MM108	DRAGON 5 y la Mente...	Earnshaw, B.
MM109	Fabricio y los guías de sombras	Cazalbou, J.
MM111	DRAGON 5 y secuestrado...	Earnshaw, B.
MM116	Haced sitio a mi hermano	Herrera, J. I.
MM118	Gus Cara de Piedra	Fox, P.

DE 10 A 11 AÑOS: Cuatro Vientos,

Código	Título	Autor
CV005	Aventura en los Andes	Radau, H.
CV009	Rascal, mi tremendo mapache	North, Sterling
CV014	Cuatro amigos en los Andes	Garavini, S.
CV018	Ut y las estrellas	Molina, P.
CV019	Veva	Kurtz, C.
CV024	Vikingos al remo	Pérez Avelló, C.
CV026	Veva y el mar	Kurtz, C.
CV028	Peter el pelirrojo	Wölfel, U.
CV034	Gallinas supergallinas	King-Smith, D.
CV040	Pabluras	Martín Fernandez de Velasco
CV043	Cuento interrumpido, El	Mateos, P.
CV052	Tía de Frankenstein, La	Petterson, A. R.
CV068	Pabluras y Gris	Martín Fernando de Velasco
CV072	Verano con Nina y Lars.	Gripe, M.
CV075	Jan y el caballo salvaje	Denneborg, H.M.
CV076	Gran gigante bonachón, El	Dahl, R.
CV087	Casa de la pradera, La	Ingalls, L.
CV090	Desaparecida	Duffy, J.
CV091	A orillas del río Plum	Ingalls, L.
CV092	Caiman en Nueva York, Un	Müntefering, G.K.
CV094	Juramento Capitán Korby	Schliwka, D.
CV097	Trompeta del cisne, La	White, E. B.
CV098	Ennia	Alfonseca, M.
CV099	Mi tía agente secreto	Gripe, M.
CV999	Mi Archivo Secreto	Astrop, J.
CV101	En las orillas del Lago de Plata	Ingalls, L.
CV103	Misty	Henry, M.

DE 12 A 13 AÑOS: Cuatro Vientos Juvenil

Código	*Título*	*Autor*
CV001	Luna roja y Tiempo cálido	Kaufmann, H.
CV002	Safari en Kamanga	Tichy, H.
CV003	Pequeño Zorro, El gran cazador	Radau, H.
CV004	Pequeño Zorro, el último jefe	Radau, H.
CV006	Aterrizaje en la selva	Radau, H.
CV007	Orzowei	Manzi, A.
CV008	Isla de los delfines azules	O'Dell, S.
CV012	Perla negra, La	O'Dell, S.
CV013	Siete chicos de Australia	Southall, I.
CV015	Boris	Ter Haar, J.
CV016	Danny, campeón del Mundo	Dahl, R.
CV017	Perdidos en la nieve	Brodtkorb, R.
CV020	Landa el Valin	Ydigoras, C. M.
CV021	Río de los castores, El	Martínez Gil, F.
CV022	Dardo, caballo del bosque	Morales, R.
CV023	Cita en la cala negra	Vallverdú, J.
CV025	Piedra y el Agua, La	Amo, M. el
CV027	Balada de un Castellano	Molina, P.
CV029	Fanfamus	Kurtz, C.
CV030	Tierra de Nadie, La	Martínez Mena
CV031	Ramón Ge Te	Rico Oliver, L.
CV032	Viernes o la vida salvaje	Tournier, M.
CV033	Secreto de la Foca, El	Chambers, A.
CV035	Mar sigue esperando, El	Murciano, C.
CV036	Aventuras de un caballero...	Steinbach, G.
CV039	Golem, el coloso de barro	Singer, I. B.
CV041	Terrible Florentino, El	Molina, P.
CV044	Fuego y el Oro , El	Amo, M. del
CV045	A la busca de Marte el Guerrero	Cañizo, J. A. del
CV046	Travesía, La	Otero, R. G.

Código	*Título*	*Autor*
CV047	Doctor Ping	Riha, B.
CV048	Marsuf, el vagabundo del espacio	Salvador, T.
CV049	Reto en el Colegio	Chambers, A.
CV050	Isla amarilla, La	Vallverdú, J.
CV051	Amigo oculto, El	López Narvaez
CV053	Grandullón	Martín Fernandez de Velasco
CV055	Tesoro del Capitán Nemo	Climent, P
CV056	Taor y los tres reyes	Tournier, M.
CV057	Ruinas de Numancia , Las	Molina, M. I.
CV059	Bolas locas	Byars, B.
CV061	Juego del Pirata, El	Martínez Gil, F.
CV062	Guarida del zorro, La	Southall, I.
CV065	Alexandra	O'Dell, S.
CV067	Leopardo	Bodker, C.
CV070	Rubí del Ganges, El	Alfonseca, M.
CV073	Zorra negra, La	Byars, B.
CV074	Príncipe de la Jungla, El	Guillot, R.
CV077	Dáme la mano, Habacuc	Kurtz, C.
CV078	Signo del Castor, El	Speare, E. G.
CV079	Voz del Yogui, La	Urban, G.
CV080	Burbujas, el Pez de una tonelada	Byars, B.
CV081	Al cielo indómito	Southall, I.
CV082	Estrella Negra, Brillante Amanecer	O'Dell, S.
CV084	Rostro en el tiempo, Un	Alfonseca, M.
CV085	Luna nueva	Wrightson, P.
CV086	Te lo prometo	Dane Bauer, M.
CV096	León de Manyara, El	Hiob, E.
CV105	Esto es coraje	Sperry, A.

JOVENES ADULTOS: Cuatro Vientos,

Código	Título	Autor
CV010	Africa mía	Lűtgen, K.
CV011	Tres cazadores en Siberia	Velter, J.
CV037	Trampa bajo las aguas	Vallverdú, J.
CV038	Huida al Canada	Smucker, B.
CV042	Nubes negras	Smucker, B.
CV054	Extraña Navidad de Jonás.	Sautereau, F.
CV058	Sadako quiere vivir	Bruckner, K.
CV060	Krabat y molino del Diablo	Preussler, O.
CV063	Luna en las Barracas , La	Manzi, A.
CV064	Diez Ciudades, Las	Argilli, M.
CV066	Gato tuerto, El	Fox, P.
CV069	Palabras a media voz	Wapson, J.
CV071	Problema de los miércoles	Nathanson, L.
CV083	Danza de los esclavos, La	Fox, P.
CV088	Jaula del unicornio, La	Perera, H.
CV089	Silas	Bodker, C.
CV093	Hacha, El	Paulsen, G.
CV095	Familla Tillerman busca hogar, La	Voight, C.
CV104	No me llamo Angélica	O'Dell, S.